我的小·得意

深圳出版集团
职工子女童趣才艺作品选

深圳出版集团有限公司工会联合会　编

深圳出版社

图书在版编目（CIP）数据

我的小得意：深圳出版集团职工子女童趣才艺作品
选 / 深圳出版集团有限公司工会联合会编 . —— 深圳：
深圳出版社，2023.6
ISBN 978-7-5507-3795-2

Ⅰ . ①我… Ⅱ . ①深… Ⅲ . ①文艺—作品综合集—中
国—当代 Ⅳ . ① I217.1

中国国家版本馆 CIP 数据核字 (2023) 第 050626 号

我的小得意：深圳出版集团职工子女童趣才艺作品选
WO DE XIAO DEYI:SHENZHEN CHUBAN JITUAN ZHIGONG ZINU TONGQU CAIYI ZUOPINXUAN

出 品 人　聂雄前
责任编辑　韩海彬　　胡文亭
责任校对　熊　星
责任技编　郑　欢

出版发行　深圳出版社
地　　址　深圳市彩田南路海天综合大厦（518033）
网　　址　www.htph.com.cn
订购电话　0755-83460239（邮购、团购）
设计制作　深圳市无极文化传播有限公司
印　　刷　中华商务联合印刷（广东）有限公司
开　　本　889mm×1194mm　1/24
印　　张　7
字　　数　100 千
版　　次　2023 年 6 月第 1 版
印　　次　2023 年 6 月第 1 次
定　　价　58.00 元

《我的小得意：深圳出版集团职工子女童趣才艺作品选》

策划：唐汉隆

主编：曹　宇

统筹：班国春　张绪华　皮全红

执行：张继华　韩海彬　陈　雯　黄学雄　林秋怡

写在前面

　　以人民为中心，让广大人民群众有获得感和幸福感，是习近平总书记在多个重要报告中的暖心话语，也体现在他关于工人阶级和工会工作的重要论述和指示之中。对于企业而言，深刻领悟总书记心中的殷殷"民生情"，立足自身实际，将让人民幸福的理念和情怀落实到为职工谋福利、谋发展上来，是职责所在、时代之需，也是企业工会工作的题中应有之义。

　　深圳出版集团是一家以出版发行为主业、兼及其他文化创意产业的国有文化企业，承担着较强的社会公益责任。相对于社会平均状况而言，集团职工的薪酬待遇难以做到特别丰厚，但集团一直在采取措施，不断改善职工的工作和生活条件，尽力提高职工的收入水平，尤其是开展大量丰富多彩、特色鲜明的企业文化活动，持续提升职工的获得感、幸福感和安全感，得到了广大职工的认可，集团也入选深圳市总工会2022年度深圳提升职工生活品质市级幸福企业试点单位。

在这一过程中，集团工会联合会非常强调结合企业的特点发挥作用，讲书评比、演讲朗诵、亲子活动、阅读交流、艺术课堂等集团开展的职工兴趣活动和企业文化活动颇具书香特色，连徒步登山活动，也会策划为一场"风景这边读好"的行走文学分享会。也许在工作上对阅读和书香有着特别的迷恋，延及到家庭对子女的教育培养，集团许多职工的子女从小就接受文学艺术的熏陶和培训，有的很早就显露出文学才华、艺术才气和创意设计天赋。

将集团职工子女这些充满了童趣和才艺的作品编辑出版，这一想法产生于去年新冠疫情最为严峻的时候，实施于集团战疫情、稳经营、保安全、促发展的过程中。作为拥有6座大型书城的公共服务单位，集团面临的防疫抗疫任务分外艰巨，战胜了许多前所未有的困难和挑战，各项事业发展也取得了新进展、新成效。这些成绩的取得，都凝聚着集团上下每一个人的付出，而每一个砥砺奋进的集团人背后，都有着家人的温暖相伴和坚定支持。集团一直重视对职工的关爱，而这本书的编辑出版是集团将对职工的关爱延展到职工子女，聚焦于职工的家庭教育和子女成长，这不仅是集团职工子女才艺才华的一场展示，也是集团工联会结合企业自身资源为职工谋取幸福的一种工作创新，为集团进行幸福企业建设打开了新的空间。

作为一本深圳出版集团职工子女写作、艺术和手工作品的集子，《我的小得意》以亲子教育为纽带，以艺术为媒介，搭建企业与职工亲子教育交流的平台，展现了深圳国有文化企业在推动企

业文化建设和家庭教育方面的努力，为企业文化
建设提供了一种新的表现方式。同时，通过出版
一本书来传播自己"小得意"的作品，也是一种
对集团职工子女非常有温度的呵护。

因此，从这些角度理解，《我的小得意》的出
版是一种非常有意义的尝试。

深圳出版集团有限公司工会联合会

2023 年 4 月

目　录

（作者按姓氏拼音排序）

绘画

毕一鸣

家长：刘帅

单位：深圳远上书城教育科技有
限公司

绘画

绘画

绘画

绘画

绘画

曹心兰

家长：梁萍

单位：深圳出版社有限责任公司

假如我是一只鸟

　　假如我是一只鸟，我想尽情奔放，在蓝天下飞翔、在花丛中与小虫虫谈心、在枝叶间和松鼠嬉戏……

　　假如我是一只鸟，我要在晚上飞进云层，同月亮说笑。我说："你好！月亮姐姐，你不睡觉吗？"月亮说："当然，我晚上还要给行人照明，为小孩子提供乐趣。有时候，我被一个顽皮的小男孩用一根无形的绳子拽着跑，痒得我咻咻笑。""哦，那听起来真好玩！""是呀，我的太阳哥哥每天赐予我光亮，行人才看得见我呢。"月亮回答。

扫一扫二维码
欣赏我的小得意

3

不一会儿，太阳出来了。我又同太阳说起话来。"你好！"我说，"太阳哥哥，白天你有什么乐趣吗？""当然，"太阳回答，"每天小朋友们上学，不时向我招手；鸟儿啾啾，向我诉说自己的开心与伤心。""哇，听起来好好玩。"我心里想着。

原来做一只鸟真好！体验了动物的生活后，我明白了：动物也有自己的自由，我们人，不能将它们关入"牢笼"！

绘画

你是火星上的第一个孩子

你一定想去火星上看看，可是之前并没有人去过。现在你可以去那里一探究竟了，去试着寻找神秘世界的答案吧。

现在，就变身宇航员，再次让"祝融号"飞船起飞。

哇！刚踩上松软的沙地，红色的粉尘就扑面而来。火星上会不会有外星人和火星文明交流过呢？会不会有诡异的飞碟出现呢？也许火星文明也有琅琅书声，也有其乐融融的班集体，也有年轻的孩子打闹欢笑，也有……火星人的社会里或许有各种规章制度，竞争也同样波涛汹涌。总之，火星国度和地球人类总有诸多相似之处。

若干年过去了，在太阳爆炸、地球消失之后，人类会迁居到火星上。你就是实现此目的的先行者，在荒芜之地进行建设改造，第二个"马斯克"又会有怎样的惊人发明？科技必定比现在更发达，一切都会超出我们的想象。

是时候回家了，回到我们的地球吧。

你就是火星上的第一个孩子。

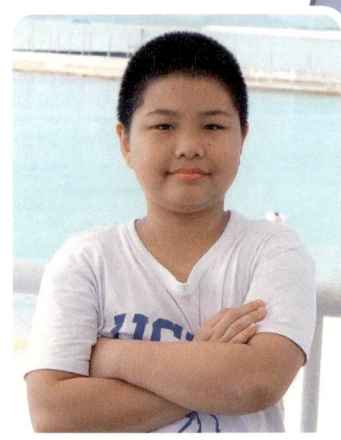

陈泓盛

家长：陈华洲

单位：深圳书城龙岗城实业有限
公司

手工

手工

扫一扫二维码
欣赏我的小得意

公主的家

安安

绘画

陈荣骥

家长：丘白兰

单位：深圳书城新华书业连锁总
　　　部有限公司中心书城店

绘画

绘画

绘画

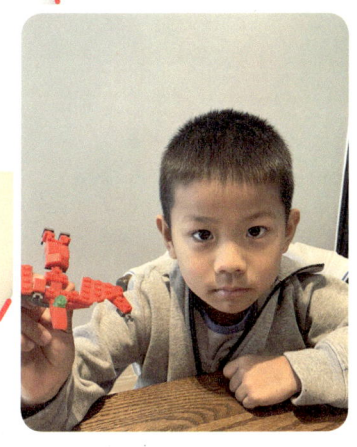

陈炜杰

家长：陈洁霞

单位：深圳出版社有限责任公司

绘画

手工

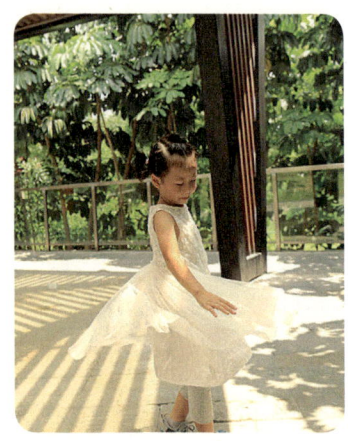

陈一淼

家长：陈新桐

单位：深圳书城网络科技有限
公司

绘画

门环

绘画

手工

绘画

绘画

绘画

绘画

绘画

陈一诺

家长：靳红慧

单位：深圳出版社有限责任公司

11

陈一诺

猫猫变形记

米豆经常在小区里投喂一只小野猫，它叫 Coco。

一个雨天，米豆突然想起小 Coco 还在外面淋雨，于是他冒着雨把小 Coco 带回了家，给它擦干了毛，给它吃了一个猫罐头，然后它懒洋洋地趴到了被窝里。米豆突然接到了爸爸妈妈的电话，都说自己回不去了，米豆很伤心，因为今天是他的生日。他低着头，自言自语地唱道："祝我生日快乐，祝我生日快乐。"他越唱越小声，最后哭了起来，小 Coco 听到哭声，从被窝里跳到了地板上，跑到了米豆的猫身旁，对它喵喵叫了几下，又跑到米豆旁边蹭了蹭他。米豆的猫也跑到了它旁边，蹭了蹭它。这时神奇的事情发生了，它们银光一闪，变成了人。米豆惊呆了，他说："你们是谁？"米豆的猫和小 Coco 说："是我们呀，我们是来陪你过生日的。"

绘画

绘画

绘画

他们开始过生日了。他们做了一个大蛋糕，正要吹蜡烛，一只老鼠突然跳出来，把蛋糕推翻在地，这可把小 Coco 和米豆的猫气死了，因为这是他们刚做好的。他们竟然气回了猫形，一掌过去，老鼠一闪，安然无恙。它们彻底怒了，又是围攻又是擒拿，终于赶走了老鼠。它们又变成了人。

他们又做了一个蛋糕，许愿的时候，他们都许了一个愿。小 Coco 的愿望是不想当流浪猫了，米豆的猫的愿望是想有个伴，米豆的愿望是想再有一只猫。他们一拍即合，从此以后，米豆又多了一只猫。

这时，小 Coco 的耳朵动了动，听到了脚步声。他和米豆的猫对视了一眼，说："对不起，我们不能陪你过生日了。"他们就地一滚，变回了猫。几乎就在同一时间，门开了，米豆的爸爸妈妈进来了，他们给米豆过了一个开开心心的生日。

绘画

陈玓路

家长：彭派

单位：深圳出版社有限责任公司

绘画

绘画

绘画

绘画

绘画

绘画

绘画

绘画

丛子坤

家长：李颖

单位：深圳出版社有限责任公司

比赛照片

书法

绘画

丁林浠

家长：林小红

单位：深圳书城新华书业连锁总
部有限公司南山书城店

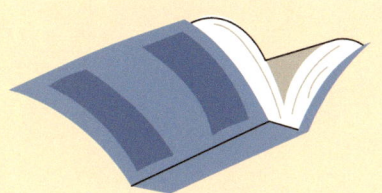

望月怀远

海上生明月

天涯共此时

情人怨遥夜

竟夕起相思

灭烛怜光满

披衣觉露滋

不堪盈手赠

还寝梦佳期

丁林浠书

书法

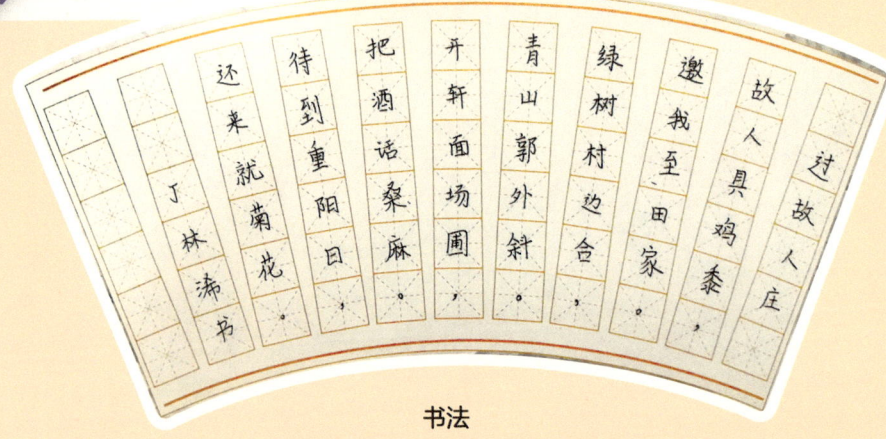

过故人庄

故人具鸡黍，邀我至田家。绿树村边合，青山郭外斜。开轩面场圃，把酒话桑麻。待到重阳日，还来就菊花。

丁林浠书

书法

宿王昌龄隐居

清溪深不测，隐处惟孤云。松际露微月，清光犹为君。茅亭宿花影，药院滋苔纹。余亦谢时去，西山鸾鹤群。

丁林浠书

书法

岁暮归南山

北阙休上书，南山归敝庐。不才明主弃，多病故人疏。白发催年老，青阳逼岁除。永怀愁不寐，松月夜窗虚。

丁林浠书

书法

绘画

绘画

绘画

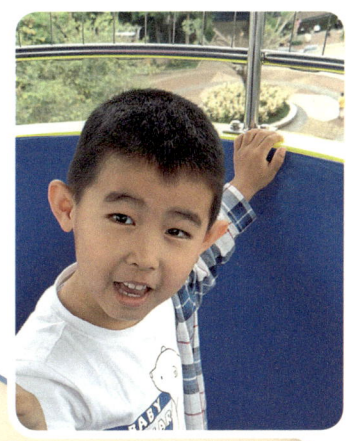

段世源

家长：郭佳美

单位：深圳出版集团会员事业部

手工

顿 昊

家长：顿亮

单位：深圳市弘文艺术有限公司

扫一扫二维码
欣赏我的小得意

比赛照片

比赛照片

范雯馨

家长：范晨
单位：深圳市弘文艺术有限公司

 绘画

绘画

付欣冉

家长：柳秀琴

单位：深圳书城网络科技有限
公司

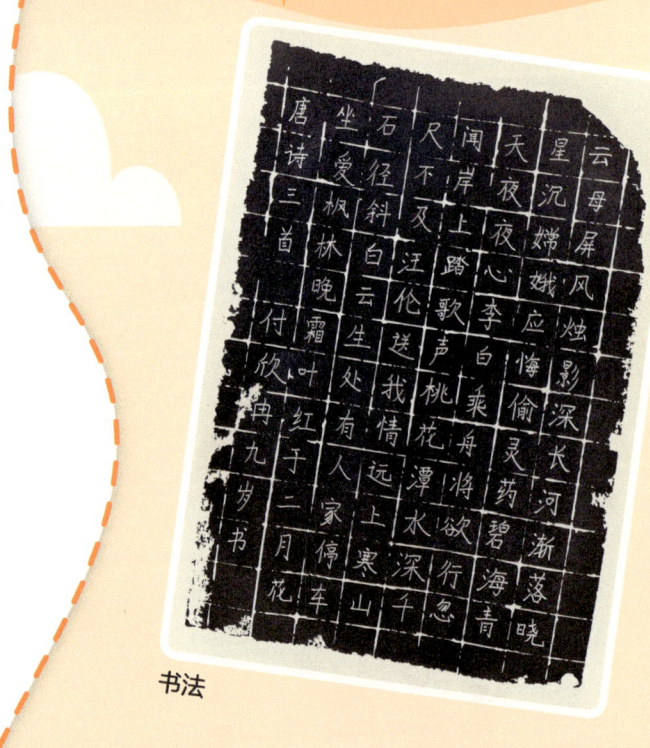

书法

手抄报

扫一扫二维码
欣赏我的小得意

付欣潼

家长：柳秀琴

单位：深圳书城网络科技有限公司

书法

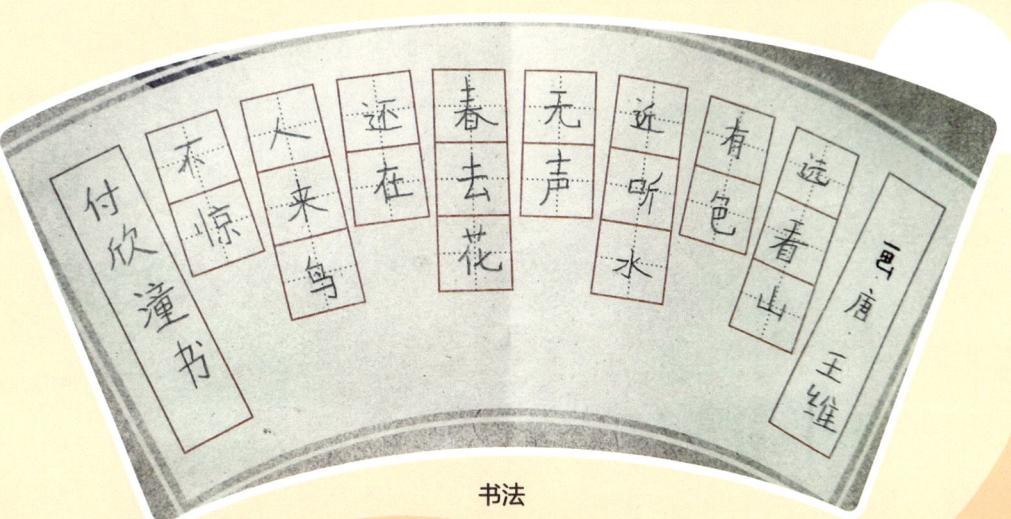

书法

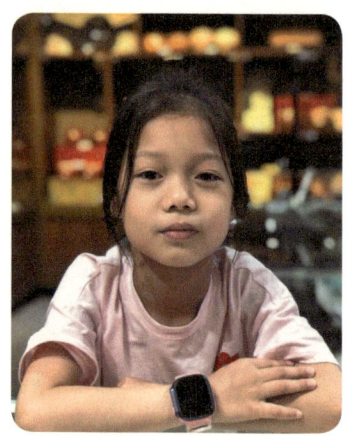

傅石秀

家长：傅玉花

单位：深圳市弘文艺术有限公司

绘画

绘画

绘画

24

绘画

傅宇彤

家长：赵琴
单位：深圳市弘文艺术有限公司

绘画

绘画

25

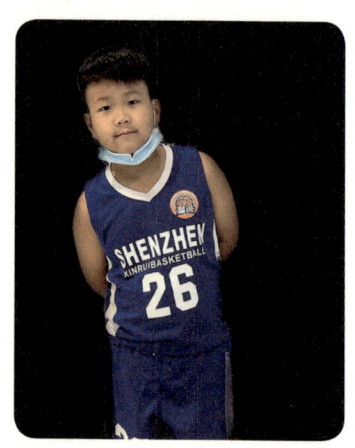

高畅远

家长：陈曦

单位：深圳新华书店集团有限
公司

绘画

绘画

绘画

书法

书法

高 晓

家长：彭派
单位：深圳出版社有限责任公司

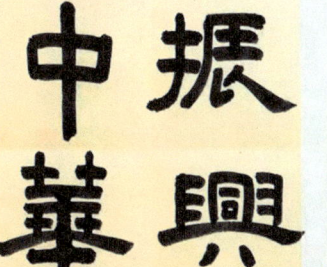

书法

书法

高晓

绘画

书法

28

我仿佛看见了那满地的姜黄和芦苇芽随风飞舞,那活泼可爱的鸭子在草地上游玩着,那美丽的桃花已经开放,有些半开半合,还能是花骨朵儿似乎马上就要开放。

惠崇春江晚景
(宋)苏轼
竹外桃花三两枝,
春江水暖鸭先知。
蒌蒿满地芦芽短,
正是河豚欲上时。

三(5) 郭奕辉

绘画

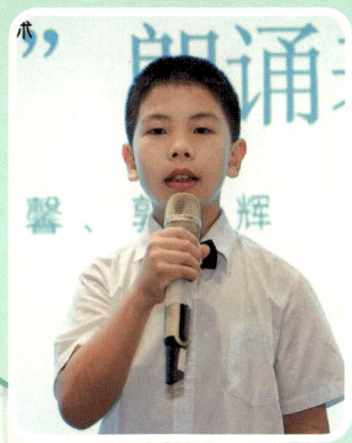

郭奕辉

家长:唐前

单位:深圳出版集团财务部

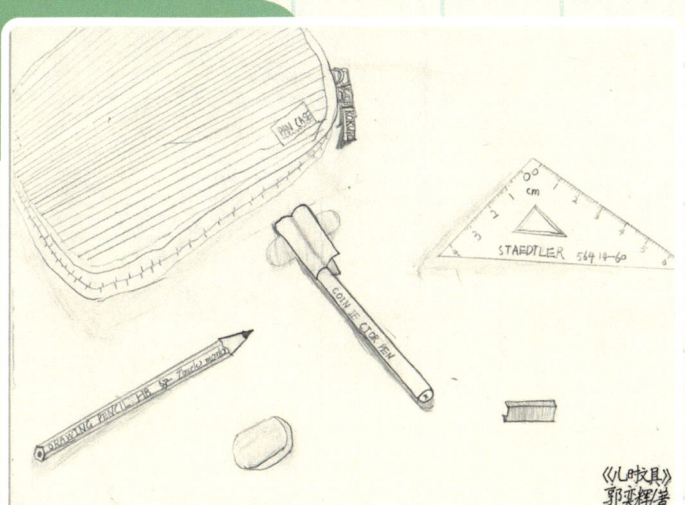

《儿时玩具》
郭奕辉/著

绘画

扫一扫二维码
欣赏我的小得意

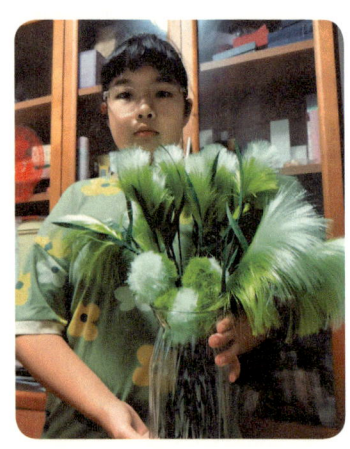

郭梓涵

家长：郭飞

单位：深圳书城龙岗城实业有限
公司

手工

書法

春風大雅能容物

醲水文章不染塵、

韓弈鳴九歲書

韩弈鸣

家长：韩海彬
单位：深圳出版社有限责任公司

记一次游戏

今天上午的语文课，班主任带领我们玩了"添五官"游戏。

游戏规则大概是这样的：老师先在黑板上画一个大脸蛋，画上五官，然后随机把一个器官擦掉。接下来，同学们需要依次上台，戴上眼罩，再将这个被擦掉的五官补上去。

首先，老师把鼻子给擦掉了。打头阵的是高安琪，她转了十圈后，便开始添鼻子了。只见她经过一阵摸索后，终于确定了位置，脸上的紧张感也瞬间烟消云散了。随着她摘下眼

韩弈鸣

绘画

琴香滿座客對酒
鐙影隔簾人讀書

韓弈鳴九歲書

书法

罩，教室里也爆发出了惊天动地般的笑声。原来呀，这个鼻子被添到了耳朵上，成了一个耳洞！

接下来，同学们有的把鼻子添到了脸的外面，有的把鼻子添成了痣，几乎没有一个人能完美地把鼻子添上去的。教室里的笑声接连不断，快乐浮现在了每一个同学的脸上。

然后，老师把鼻子画上，擦掉了嘴巴。到我

上台了，我认为这个游戏简单、容易——总而言之，我对自己把握十足。

　　我自信地走上台，转了十圈。这时，我感觉天旋地转，都有点站不稳了。我定了定神，大概确定了位置，就大笔一挥，一个嘴在脸外的人诞生了！因为这个奇怪的人，我成功地引起了一阵哄堂大笑。

　　通过这个小游戏，大家都收获了快乐。

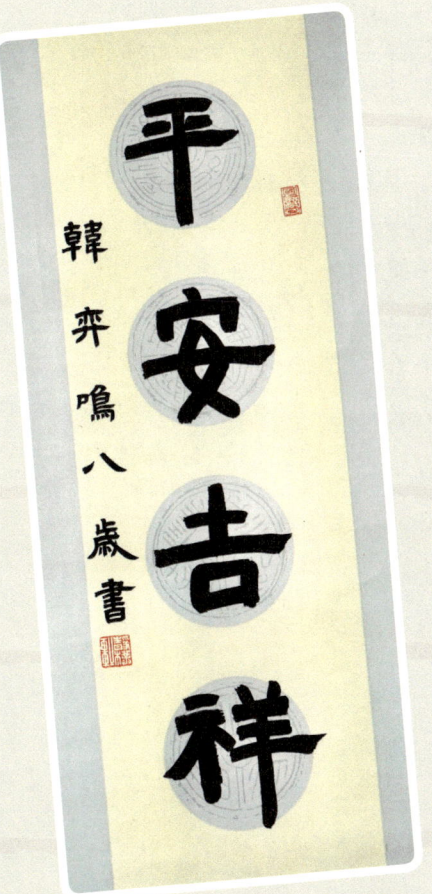

书法

绘画

何田田

家长：黄付平

单位：深圳出版集团总经办

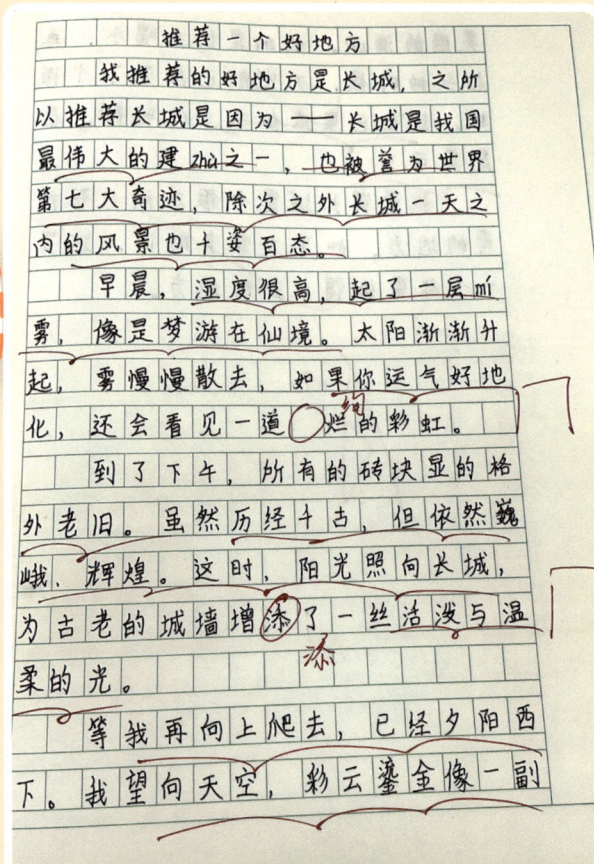

推荐一个好地方

我推荐的好地方是长城，之所以推荐长城是因为——长城是我国最伟大的建zhù之一，也被誉为世界第七大奇迹，除次之外长城一天之内的风景也十姿百态。

早晨，湿度很高，起了一层mí雾，像是梦游在仙境。太阳渐渐升起，雾慢慢散去，如果你运气好地化，还会看见一道约烂的彩虹。

到了下午，所有的砖块显的格外老旧。虽然历经千古，但依然巍峨、辉煌。这时，阳光照向长城，为古老的城墙增添了一丝活泼与温柔的光。

等我再向上爬去，已经夕阳西下。我望向天空，彩云鎏金像一副

作文

美丽的油画。我们是低头喝水，抬头的时候，天空就已经变了个模样。现在已变成似头火的晚霞。是美丽！

我觉得长城是个很美丽也很神奇的地方，如果大家有时间，这是一个非常值得一去的地方。

作文

我们乘着梦想与希望的船，去远航。

梦想装载着我们的愿望，希望装载着我们的欢乐。

作文

35

何梓琪

家长：何志彬

单位：深圳市弘文艺术有限公司

绘画

绘画

绘画

绘画

绘画

贺嘉宣

家长：贺杰

单位：深圳书城宝安城实业有限
公司

绘画

绘画

绘画

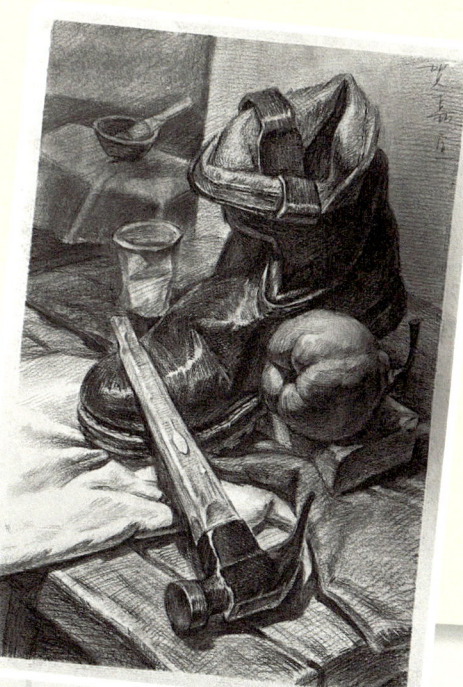

绘画

绘画

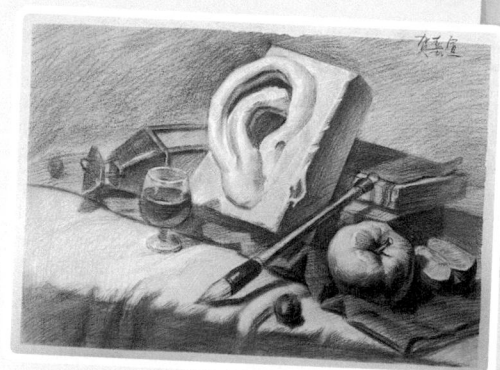

绘画

绘画

绘画

2049——我是法医

今天是2049年8月16日，天气很热。我叫李敬乐，今年28岁了，就职于市刑侦局，是一名法医。

正当我躺在家里沙发上看书时，突然，我的智能手环"嘀嘀"地响起来，是队里有紧急任务。我一看，是科长发来的出警语音："聚汇路海棠小区发生一起刑事案件，请迅速集合。"

处理完这起案件，再次回到家已是凌晨2点。身上的白衬衫落满了斑斑点点的泥浆。曾经，我也是一个极其爱美又带点小洁癖的女孩，只因为在小学五年级看了《法医秦明》一书，被书里睿智、幽默、聪明无比的法医所吸引，就开始立志长大了也要当一名出色的法医，为我们的司法公正、正义贡献自己的力量。八年的刻苦学习，在今年我终于考进现

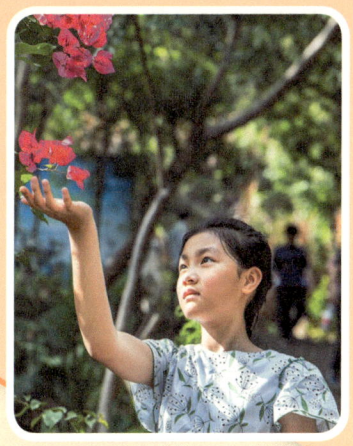

胡瑞睿

家长：唐丹琳
单位：深圳书城新华书业连锁总
部有限公司罗湖书城店

在的刑侦局，实现了我儿时的梦想，成为一名真正的法医。

2049年，AI技术已经很成熟，我们有机器人助理帮助处理琐碎的日常事务，有DNA打火机帮助确认真正的凶手，有半空飞行的智能汽车方便到达出警现场，有伤口扫描仪帮助快速确定凶器，有骨骼分离器帮助快速锁定作案方式……

AI智能汽车"小蓝"是我的助理兼坐骑，用它五分钟之内就能到达城市内任何案发现场。"8·16"案由于我们及时到达，案发现场没有被破坏，在用红外线电子扫

绘画

绘画

描仪做证据采集时，我意外发现一根细长的头发丝，随即拿出随身携带的小型DNA打火机。这款打火机只需要把头发的末端放进打火机插口，现场就能锁定犯罪嫌疑人。有关犯罪嫌疑人的详细信息，能通过"小蓝"的车载网络，即时传递回刑侦大队。

这次的案件需要对尸体进行解剖。进了解剖室，我和金法医开始工作。我剖开死者的胃，发现她的胃内容物还很清晰，有蔬菜类的食物残渣。说明她末次进餐后几小时内就死亡了，而且之后没有再吃东西。她的死亡时间从尸僵与尸斑上看死亡超过24小时，且推断死亡时间是半夜12点。忽然，我发现，死者身上有两处致命伤，一是颈部刀伤，二是头顶有明显凹陷。那么，凶器究竟是什么呢？我脑海中立刻浮现一个念头：砖头。我拿出伤口扫描仪，在伤口上扫一下，机器上显示，伤口确实是砖头所造成的。我们的工作就是为警方快速侦破案件提供最直接的证据，从而抓住凶手，破获一起又一起的案件。

又成功破了一个案子，我要回老家看看母亲。但在路上，智能手环却再次响起来……

"喂？"

"海景路花园小区发生一起命案……"

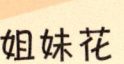

姐妹花

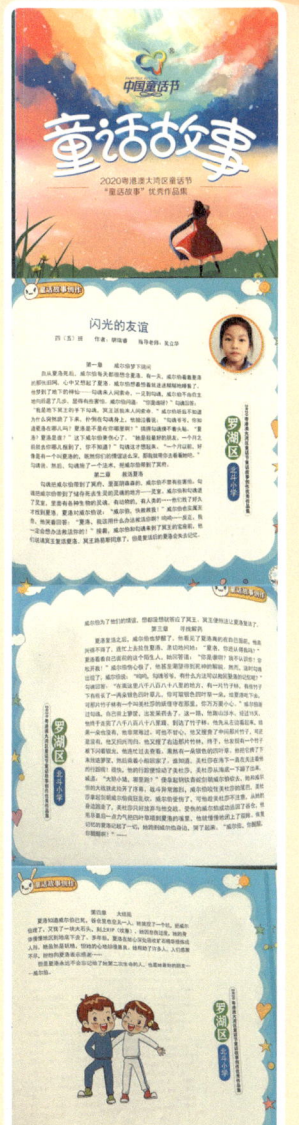

发表作品

"哇……"在 MC 大陆风车村的医院里传来一阵婴儿的啼哭声。

生产室里，一个小护士的手里抱着一个包裹着蓝布、浑身是血的女婴，而床上的女士则满头大汗，已经累得昏了过去。

小护士打开门走出了生产室，抱着婴儿高喊道："叶秀如女士的家属，过来一下！"

这一句话，直接喊醒了在门外发呆的叶秀如女士的丈夫赵先生和焦急等待的叶秀如的姐姐秀聪小姐。他俩立马冲向生产室的门口，见到了小护士。

"恭喜啊！"小护士兴奋地说，"是个女孩，长得很漂亮。"

秀聪小姐看着眼前这个白胖胖的女婴，沉思良久，对赵先生说："妹夫呀，我已经想好这个孩子的名字了。""哦，大姨姐，说来听听。"赵先生说。"叫简爱。"秀聪小姐眯了眯眼道。"好名字。"赵先生看着自己的女儿，回应道。

简爱三岁时，家里多了一个妹妹，同样也是大姨姐秀聪小姐起的名字，叫晓爱。晓爱天性热情，还十分乖巧，因此深得父母和姨妈的喜爱。简爱并没有因此记恨妹妹，反而处处护着她，把她像绝世珍宝一样对待。就这样，姐妹俩度过了幸福的童年。

弹指间，十年时间过去了。两姐妹也已长大，都十分美丽。姐姐简爱正值豆蔻年华，虽说才十三岁，可她的容貌却已经像个十八岁的成年人了。粉红的凤眼，高挺的鼻子下有着一张樱桃小嘴。纤细的十指，腰是腰，腿是腿。她的美貌堪称世界一绝。身为妹妹的晓爱也毫不逊色，蓝色的圆眼，精巧的五官，笔直而纤细的双腿，配上黄色衬衫，显得十分美丽。两姐妹虽有美貌，但内里并不是华而不实。姐姐心智如成人，学习赛第一；妹妹手艺精湛，学习也不赖。

胡瑞睿

可就是这样一对天才姐妹，不久后就遭遇了一场因简爱的失误而造成的不幸。

"啪！"爸爸的一个巴掌打在了简爱的脸上。简爱只觉得脸热热的，而后，一滴泪水就顺着脸颊滴落在了试卷上那鲜红的75分字样上。

爸爸似乎看见了简爱的落泪，便对她吼道："哭、哭、哭，整天就知道哭！有本事哭出个第一名来！"

此时，晓爱正好路过，见爸爸在打姐姐，便上前阻拦，可被爸爸一拳击倒在地。妈妈闻声而来，见丈夫在虐待自己的女儿们，便上前和丈夫扭打在一起。爸爸见打不过，便抽了妈妈一巴掌。妈妈含泪看向爸爸，吼道："离婚吧！"爸爸答道："好！"当晚，爸爸就头也不回地走了。

爸爸走后，姨妈也动了心。她觉得妹夫在时，她可以作为这个家的一员，现在妹夫走了，这个家的特殊原因也就不许她继续留在这里。尽管妈妈再三挽留，她也决定要走。于是第二天，她就穿上旗袍，梳好头发，搭上车走了。到现在，姐妹俩还记得姨妈临走时说的话："简爱，你现在十三岁了，更懂事了，要帮妈妈、妹妹做些什么。晓爱，你也十岁了，也长大了。要听妈妈、姐姐的话，等你结婚了，姨妈一定会回来给你贺喜。"

望着自己姐姐远去的背影，妈妈流下了眼泪："姐！"

一转眼，十年又过去了。两姐妹也长大了。此时她俩的妈妈早已意外去世。这么多年来，一直是姐姐养着妹妹。

可不幸不久又再次降临到了两姐妹身上。那是一个阳光明媚的早晨。

（本文节选自短篇小说《寻》第一章）

手工

胡书雯

家长：范燕明

单位：深圳书城新华书业连锁总
　　　部有限公司中心书城店

绘画

绘画

胡书雯

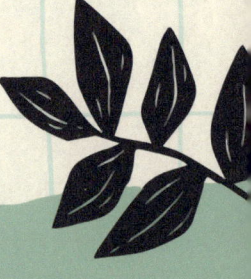

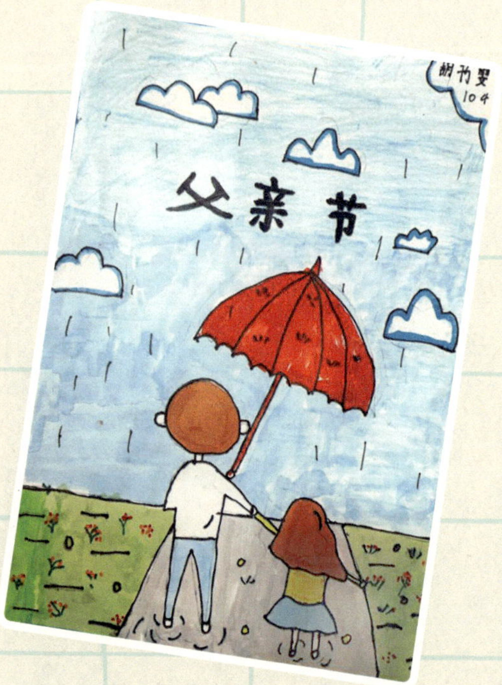
父亲节
胡书雯
104

绘画

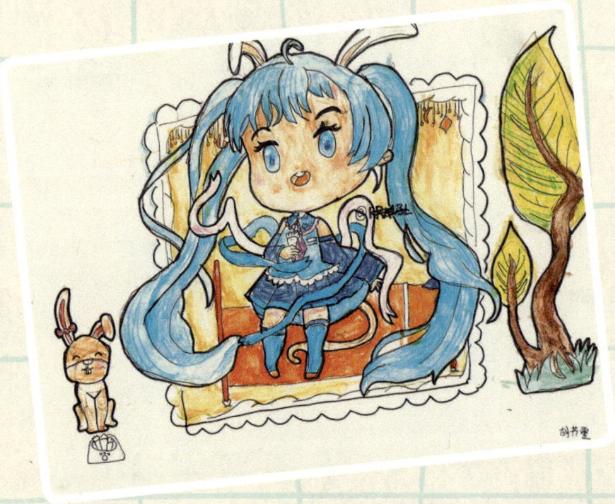
胡书雯

绘画

我是小学生啦
自我介绍
班级介绍
104班，班主任是冯老师。
我们的口号是
“我是小太阳，自信放光芒”！
好习惯
早睡早起
认真听课

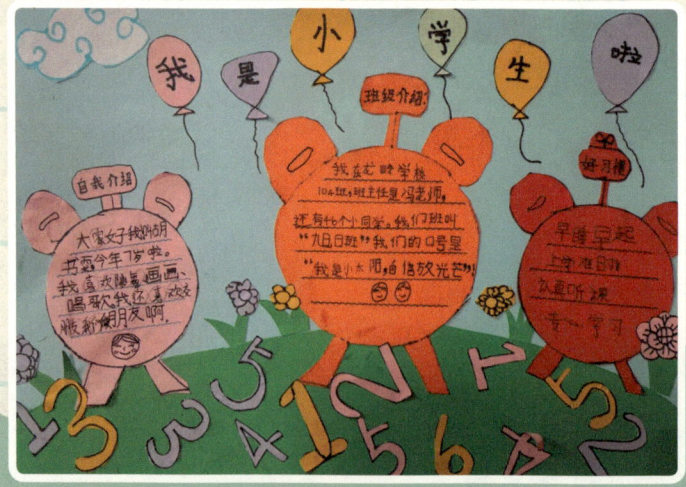

手抄报

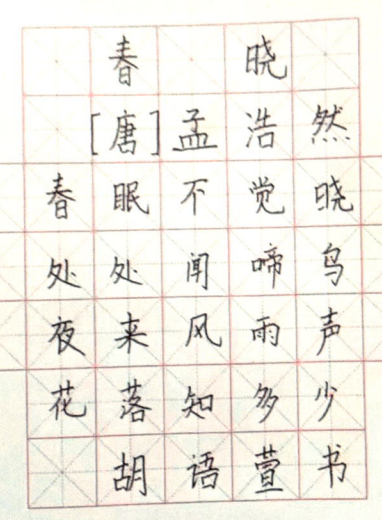

书法

胡语萱

家长：胡文亭

单位：深圳出版社有限责任公司

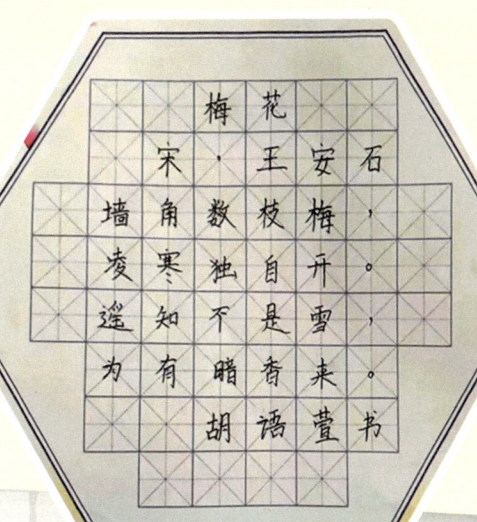

书法

胡梓萌

家长：胡兰涛

单位：深圳书城新华书业连锁总
　　　部有限公司供应链管理
　　　中心

绘画

绘画

绘画

绘画

绘画

绘画

绘画

绘画

绘画

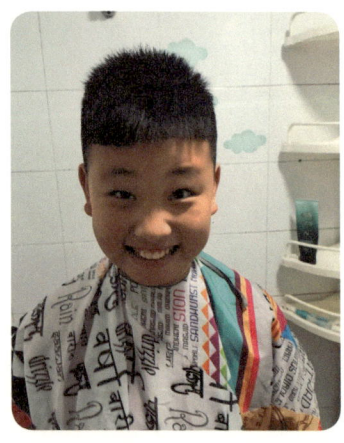

黄辰俊

家长：黄华南

单位：深圳市弘文艺术有限公司

《龟兔赛跑》新编

自从上次赛跑后，乌龟过得可威风了，狮王请他拍了很多电影，拍得都可好了。于是，乌龟成了电影明星。后来又有人请他拍广告，于是他又成了广告明星。此时兔子每天都在锻炼。

一天，兔子向乌龟下了战书，说好明天从森林东大道最后十公里的地方开始，跑到森林东大道结束的地方。这时，在森林东大道上，有个农夫在挖陷阱……

第二天，动物城的大多数动物都来到比赛现场，为乌龟和兔子加油，比赛马上就要开始了，乌龟和兔子都摩拳擦掌，砰！比赛开始，兔子率先冲了出去，当乌龟爬了一步时，兔子已经没影了。

兔子一口气跑了3公里，突然，兔子感觉脚下一陷，然后就掉了下去，兔子掉到了一个陷阱里，他哭了起来："呜……我还要比赛呢！我这漂亮的毛都脏了……呜呜……过了十几分钟，乌龟爬了过来，往陷阱里一看，就哈哈笑道：

绘画

"这下你可是要输喽！还可能要被农夫吃了呢，希望来世还能相见！哈哈！""你，你……"兔子还没说完，乌龟就爬走了。过了一会儿，兔子终于想出了办法，开始向上打洞，边打边笑："我真是太笨了，都忘了我会打洞。"当兔子打洞出来的时候，乌龟在他前面边爬边笑。兔子把后脚往后一蹬，拳头一紧，做好跑步姿势，当他心中的发令枪打响时，就挥动手臂，向前冲去。"快看，兔子像一道光一样从乌龟身旁跑去，速度之快让动物们惊掉下巴，我们的摄像机都没反应过来，更别说动物和乌龟了。"乌龟只看见一道白光从眼前闪过就愣住了，过了一会儿，他才反应过来，赶紧往前爬。几分钟后，乌龟爬到一座高尔夫球场，看见了虎哥，心想：真乃天助我也，赢的机会来了。他爬过去，对虎哥说："虎哥，你把我当高尔夫球打吧，把我打到终点。"于是，虎哥挥起杆子把乌龟打飞了出去。这时，在终点的位置，乌龟从天上掉了下来，重重地砸在地上，砸出一个大坑。这时，兔子也到了终点，站在了高高的领奖台上，举起了金灿灿的奖杯。而乌龟，已经因为作弊而被取消了比赛资格。从此，乌龟名誉扫地，而兔子成了新的明星，正所谓："因为谦虚赢的别人，不要骄傲，否则，又会被谦虚的人取而代之。"

手工

绘画

绘画

绘画

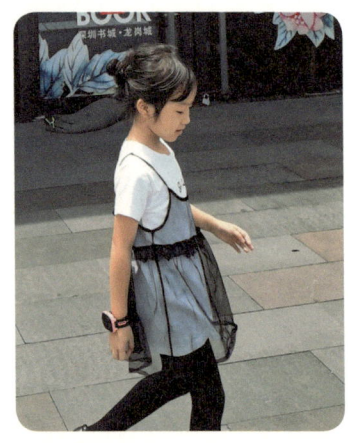

黄佳颖

家长：庞冰薇

单位：深圳书城新华书业连锁总
部有限公司

国王的神奇厨房

从前，有一个很喜欢做美食的国王。他做的美食令人垂涎欲滴。一个无聊的星期天，国王又想到厨房做美食了。

他来到厨房，看了一眼，觉得做美食的工具太少了。于是，马上下令要派人建一个更完美的厨房。

工人们接到命令后，没日没夜地开工。一会儿叮叮叮，一会儿咚咚咚，不到一个月的时间，神奇的厨房建好了。这个厨房有多神奇呢？土豆放进锅里立马变成薯片，羊肉放进烤箱里马上变成羊肉串，牛奶放进冰箱

绘画

绘画

绘画

里立即变成冰激凌……

　　从此，国王变得又懒又贪吃，而且还浪费粮食，很多农民都被累死了。王宫里的一个女巫知道后，很生气，决定惩罚国王。女巫悄悄来到神奇厨房，轻轻一挥魔法棒，厨房的神奇工具便消失了。

　　国王得知后，又生气又着急，立刻派士兵到处寻找。士兵们找啊，找啊，还是没有找到。国王火冒三丈，宣布："谁能找到神奇工具，就满足他一个愿望。"

　　女巫知道后，把自己变成一个老奶奶去见国王。

绘画

绘画

　　她捧着一个精美的木盒子对国王说："您把盒子打开，神奇的工具就会变回来了。"国王将信将疑，打开了盒子，忽然一道亮光出现，神奇厨房的工具又重新变回来了。

　　国王为了感谢老奶奶，要封她做大官，老奶奶却摇了摇头，国王要赏赐她五十两黄金，老奶奶又摇了摇头。国王只好问她有什么愿望。老奶奶说："我的愿望是，您以后不再又懒又贪吃，而且要爱惜粮食，让农民过上幸福的日子。"国王答应了。从此以后，国王成了人人喜爱的美食家。

绘画

黄曼鸿

家长：庞冰薇

单位：深圳书城新华书业连锁总
部有限公司

绘画

绘画

绘画

手工

黄亿航

家长：黄楚娟
单位：深圳市书城文化投资控股
　　　有限公司

狮子战车

手工

黑豹战车

手工

黄芊语

家长：李诗华

单位：深圳远上书城教育科技有
限公司

绘画

绘画

绘画

读《琴声飞过旷野》有感

暑假漫长，在这段时间里，我响应"暑假读一本好书"活动，阅读了不少好书。如：《猫王子》《蟋蚁之城》《邦金梅朵》……其中，最令我喜爱和震撼的，便是这本《琴声飞过旷野》。

女孩拉倒，八岁成了孤儿，被债主卖给了茶山戏班。她一开始在戏班里打杂，后去演戏，改名韩子路。后来，戏班加入了红军，成为红军宣传队。他们发动群众，投身于抗日战争，为穷人求解放。在危急关头，韩子路用琴声报信，挽救了所有人的性命，并为总攻争取了宝贵的时间。

《琴声飞过旷野》在十几万字里刻画了数十个人物，每一个人物都有自己鲜明的性格和经历。韩子路从一个懵懵懂懂、吃苦耐劳的孩子，在人民革命战争的烽火岁月里，逐渐成熟，变成了一位优秀的新四军战士；战士白儿扎，从一个普通的戏把式慢慢地成长为一位有勇有谋、体恤他人的警卫连连长……

除了孩子们，还有那些为革命无私奉献的战士。黄奎，一位死板老套的戏班师傅，在李桐等人的感化下加入了中国共产党，并在弹尽粮绝的情况下用最后一颗手榴弹与敌人同归于尽，壮烈牺牲；李桐和叶晨霞同为地下党员，一位在战斗中牺牲，至死不忘保家卫国；一位成为红军宣传队的女教官，成为孩子们最好的榜样；战士张树，身负重伤，牺牲前还说："把输液瓶拿走，要把救命的药留给轻伤的

黄炜焜

家长：黄蔚蔚
单位：深圳书城新华书业连锁总
　　　部有限公司

绘画

绘画

绘画

黄炜焜

同志。"这些片段犹如电影放映一般，浮现在我的脑海中。

有勇有谋、能文能武的崇山支队韦司令顶着巨大风险创办了列宁小学，他的一段温暖的话一直留在我的心里："就算崇山支队全部牺牲了，也要让孩子们读书。崇山支队打光了，还可以重建，而孩子们是中国的未来，孩子们长大了，可以建设中国。"正是有了他们的牺牲和奉献，才有了我们今天的美好生活。

作者徐贵祥先生以诙谐幽默又充满童趣的文字把革命时代的脉脉温情融入其中，为了穷人求解放的理念贯穿全书，也让我们加深了对中国革命历史的认识。如今，我们坐在宽敞明亮的教室里学习，吃着可口的饭菜，穿着国际化的校服，更应该珍惜当下，奋发图强。只有我们努力学习，将来为祖国建设出一份力，让祖国更加强大，才不辜负革命先辈们的付出和牺牲，愿美妙的琴声飞过祖国大地！

手工

绘画

绘画

黄蔚元

家长：黄学雄
单位：深圳市弘文艺术有限公司

扫一扫二维码
欣赏我的小得意

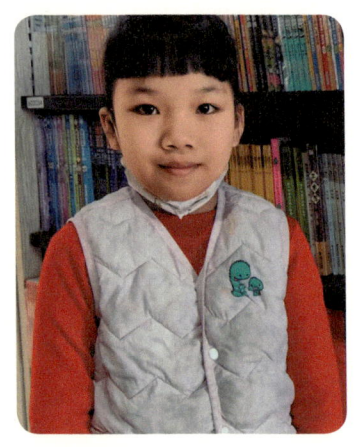

黄晓榆

家长：龙玉凤

单位：深圳书城宝安城实业有限
公司

绘画

绘画

绘画

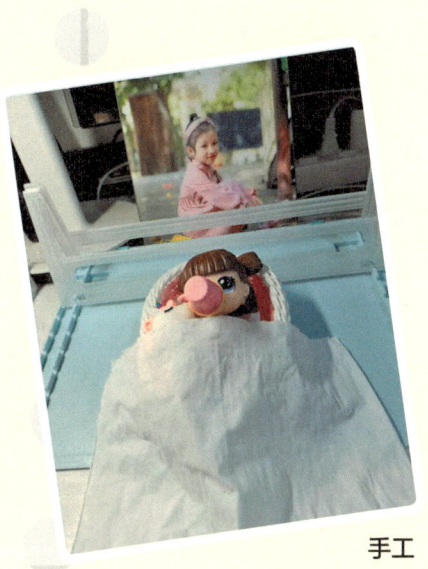

黄雨彤

家长：王美娟

单位：深圳出版集团监察审计部

手工

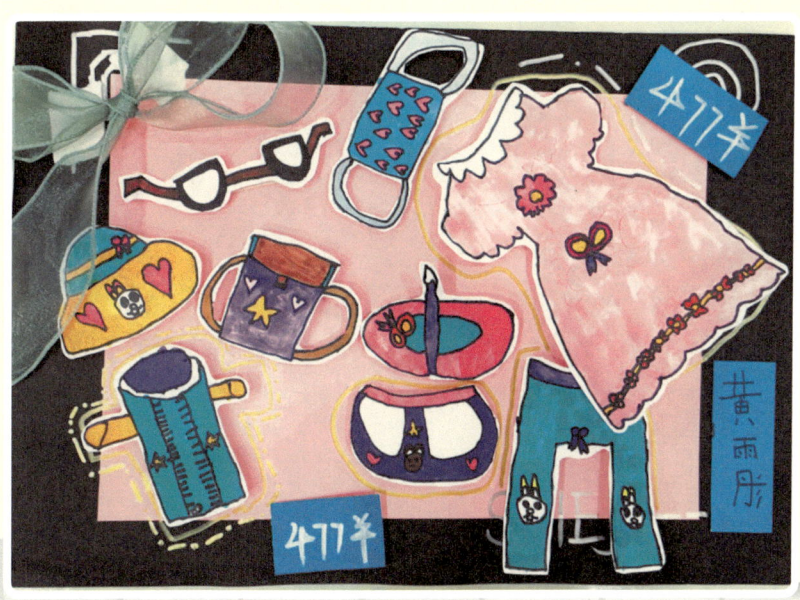

手工

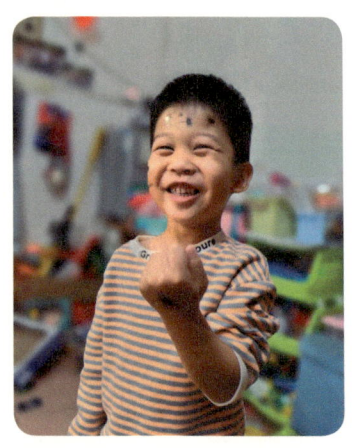

黄梓轩

家长：黄德生

单位：深圳市弘文艺术有限公司

手工

手工

手工

绘画

孔玥婷

家长：严秋云

单位：深圳书城物业管理有限
公司

绘画

手工

蓝翊心

家长：叶映红

单位：深圳图书贸易有限公司

绘画

绘画

62

绘画

绘画

绘画

63

李珈彤

家长：梁雪

单位：深圳市弘文艺术有限公司

绘画

绘画

绘画

绘画

绘画

李倾心

家长：涂美玲

单位：深圳书城新华书业连锁总
部有限公司中心书城店

绘画

绘画

李文皇

家长：罗丽莉
单位：深圳出版集团法务合规部

神女应无恙，
当惊世界殊。

壬寅秋李文皇绘

绘画

茶会

李文皇绘

绘画

绘画

李昕怡

家长：郑娜

单位：深圳书城网络科技有限公司

绘画

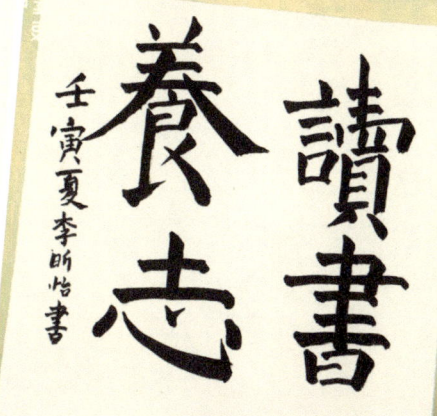

书法

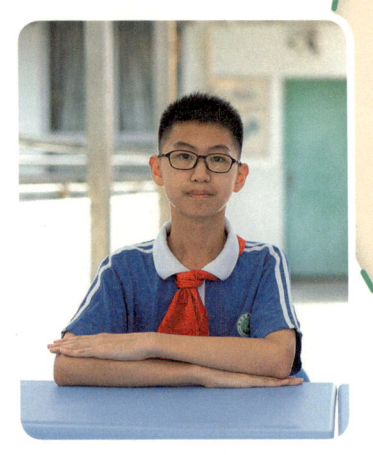

李义腾

家长：滕丹
单位：深圳市弘文艺术有限公司

绘画

逐梦彼岸

理想，是一个不断拼搏与挥洒汗水的过程；理想，也是在逐梦过后绽放出的圆满结局。理想，更是跨过那些隐形的桥梁到达彼岸的酣畅淋漓。

打开《西游记》，书中各种艰难险阻浮现在我的眼前。许多人总期待着自己的圆满结局，却从未思考过，我们要付出多少的艰辛和努力才能实现梦想，发出星光。而《西游记》给了我答案。

孙悟空自从出生起，就注定成为西游记的主角。他神通广大，无所不能，得罪过天庭玉帝，搅和过蟠桃盛宴，即使被镇压在五行山下，也依旧逍遥快活。曾经的孙悟空固然顽劣，但五百年后，他遇到了他的师父——唐僧。俗话说："正确的引导犹如一盏明灯，它能指引着你不断向着理想奋进。"在离开五行山后，孙悟空不断成长，不断进步，为的就是保护师父和朋友，最终在西天取得真经。而在斩妖除魔的过程中，孙悟空也逐渐变得正义，确立并坚实了自己的理想，俨然成为唐僧的依靠。

绘画

绘画

最让我欣赏的是师徒四人的最后一难。即使他们已经到了西天，已经取到了经，但奈何天公不作美，他们九九八十一难还缺一难，又因为忘记和老鼋的约定，回去时，老鼋直接一翻身，将师徒四人和经书推到了水里。此时经书已经湿透了，可师徒四人并没有停下自己的脚步，就算要徒步回去重新取，也仍旧充满希望。这份坚持令我感到震撼。

不仅如此，他们可是走了十万八千里，历经整整十四年。你看，孙悟空有七十二变、筋斗云，还有金箍棒。他没有到不了的地方，也没有完不成的事情。但他却愿意和师父徒步去西天取经，说明他有着不凡的决心和毅力。路途中风吹日晒，一波三折。即使如此落寞，为了将经书取回东土，他们多次生死一线，也毫无怨言。他们的苦难像极了我们的逐梦路。正值青春的你，也许正躺在家中，无

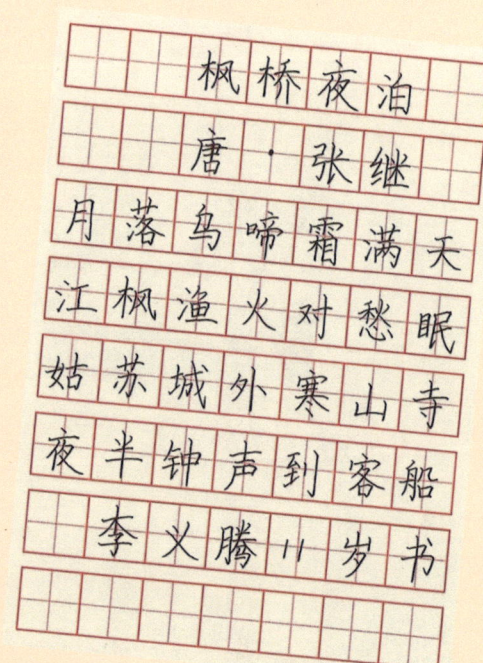

书法

绘画

所事事，消极度过，觉得梦想遥不可及。但正因为我们正值青春，才有那么多的机遇和挑战，等待着我们去发掘。

荀子在《劝学》中说道："锲而不舍，金石可镂。"只要你耐心地雕刻金属，金属就能被雕刻出美丽的纹样。而柏拉图也说过："耐心是一切聪明才智的基础。"当你保持耐心，静待花开，我相信，你的坚持与付出，定会化作一团团星星之火，疾驰地穿过那些隐形的桥梁，绚烂夺目地闪耀着整片彼岸！

绘画

李悦娜

家长：李鹏辉
单位：深圳书城新华书业连锁总
　　　部有限公司中心书城店

手工

手工

林珈伊

家长：陈焕辉
单位：深圳出版集团战略发展部

绘画

绘画

林诺安

家长：杨茜

单位：深圳书城新华书业连锁总
部有限公司中心书城店

绘画

绘画

林沁柔

家长：徐媛媛

单位：深圳书城网络科技有限
公司

才艺照片

珍讀寫
脚莫歷書黃生
詩遂家萬庭光满
傳家鶏卷一北几古
辛法始更張硯墨
丑欲通問退涼輕
書見神人筆新磨
秋誠君一成風
深戀家紙山至
圳筆自行未開
林諫有書足
沁時元画
柔火和
惡
繁

书法

74

林沁宣

家长：徐媛媛

单位：深圳书城网络科技有限公司

绘画

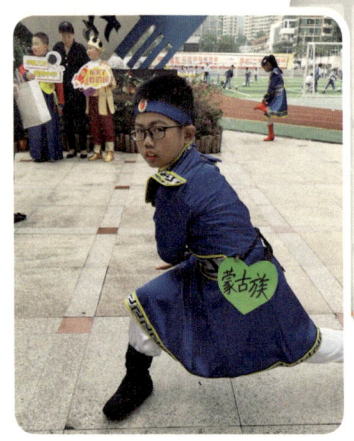

刘佶烨

家长：周吱峨

单位：深圳远上书城教育科技有
限公司

手工

手工

手工

绘画

刘睿佳

家长：刘晖

单位：深圳出版社有限责任公司

绘画

绘画

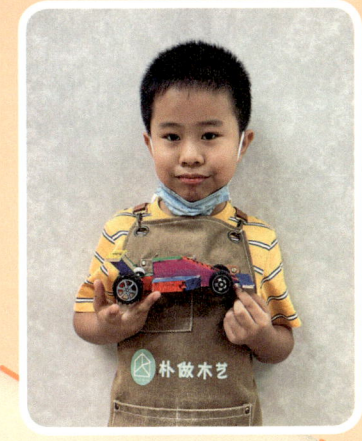

绘画

手工

吕承锋

家长：陈雯

单位：深圳出版集团党群工作部

绘画

扫一扫二维码
欣赏我的小得意

马一冉

家长：马红英

单位：深圳市弘文艺术有限公司

绘画

绘画

绘画

绘画

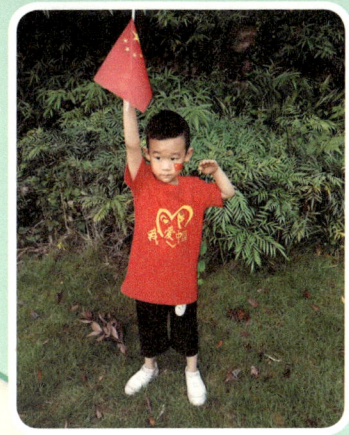

盘子乐

家长：黄玲

单位：深圳书城新华书业连锁总
　　　部有限公司中心书城店

绘画

手工

绘画

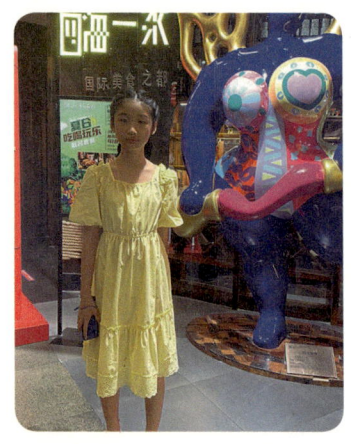

秦辰炜

家长：张仕萍

单位：深圳书城宝安城实业有限
公司

书法

绘画

绘画

绘画

瞿玮烨

家长：朱骏
单位：深圳书城龙岗城实业有限
公司

绘画

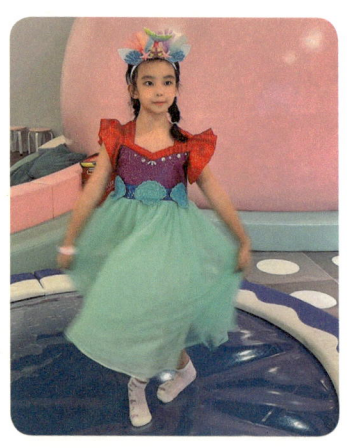

全 祺

家长：李柳燕

单位：深圳书城新华书业连锁总
　　　部有限公司中心书城店

绘画

绘画

绘画

绘画

全祺

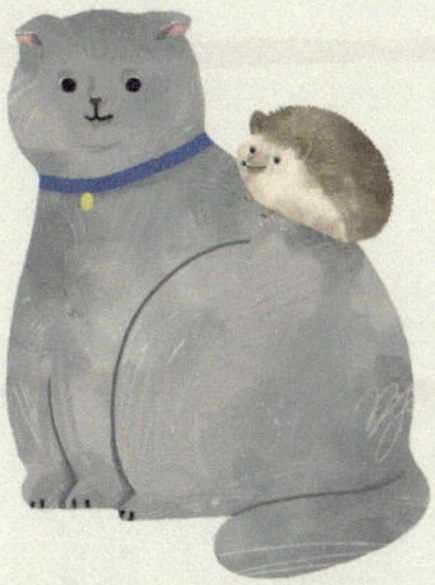

绘画

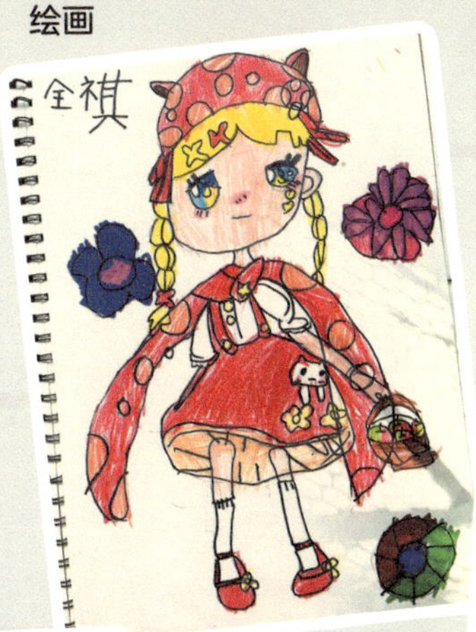

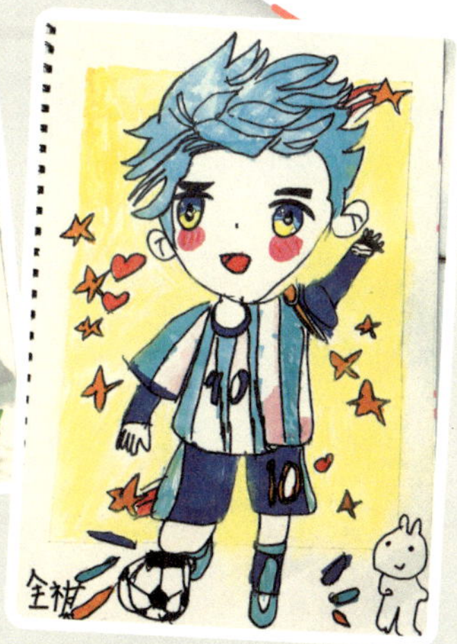

绘画

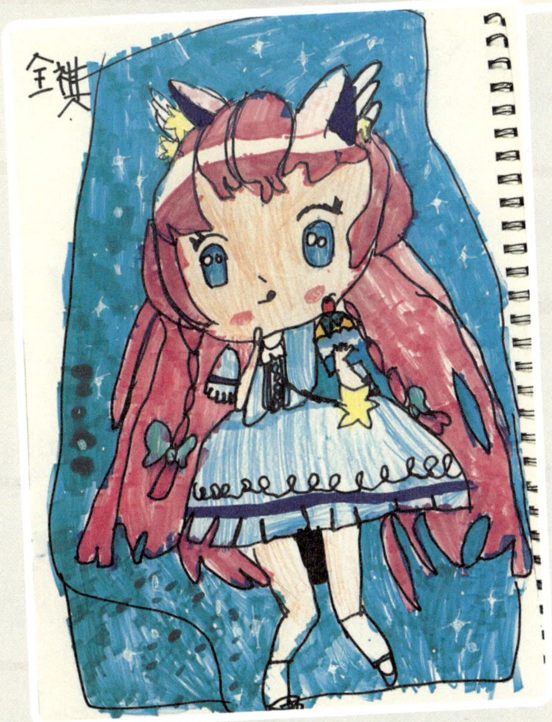

绘画

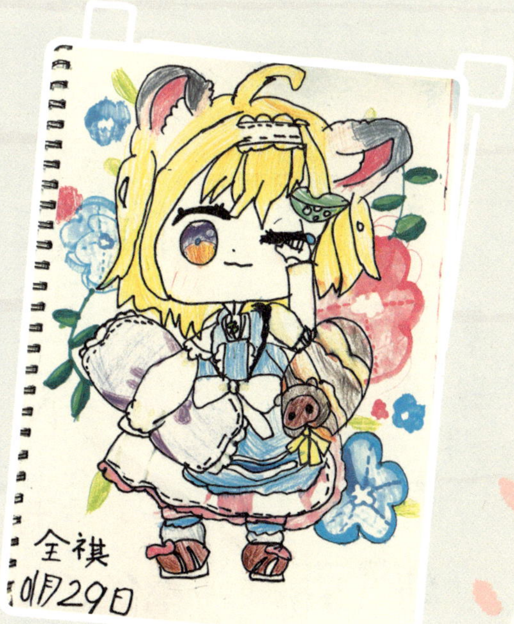

绘画

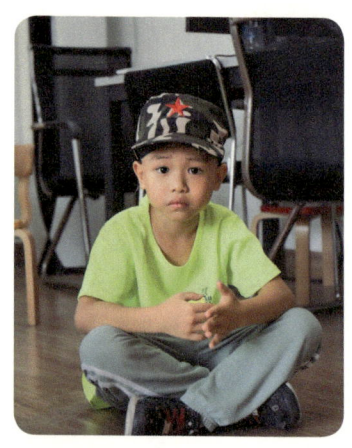

覃参烨

家长：罗淑芬

单位：深圳书城新华书业连锁总
部有限公司南山书城店

绘画

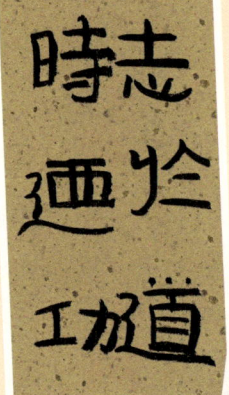

书法

书法

书法

书法

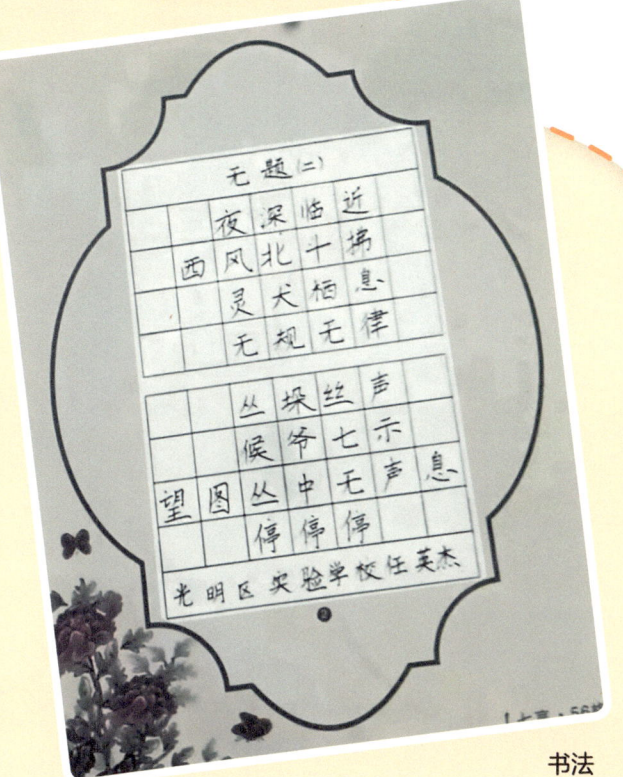

书法

任英杰

家长：张灿

单位：深圳远上书城教育科技有
限公司

书法

尚锦文

家长：兰君

单位：深圳书城宝安城实业有限
  公司

绘画

手工

绘画

绘画

宋佩琪

家长：许超

单位：深圳出版社有限责任公司

绘画

绘画

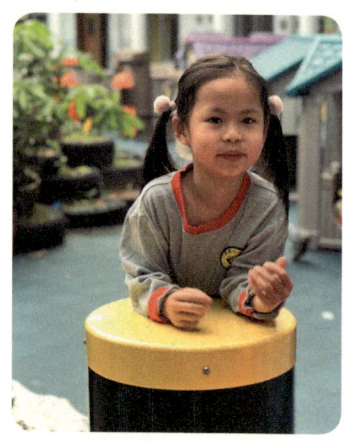

苏嘉盈

家长：许少玲
单位：深圳书城新华书业连锁总
　　　部有限公司中心书城店

绘画

绘画

绘画

90

绘画

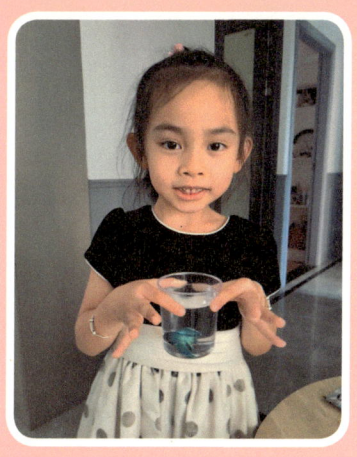

唐子岚

家长：罗春凤
单位：深圳书城新华书业连锁总
部有限公司中心书城店

绘画

手工

绘画

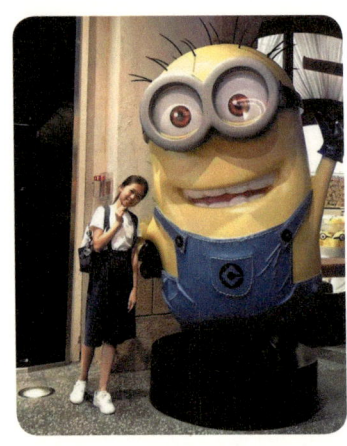

王诗敏

家长：杜霞

单位：深圳书城新华书业连锁总
　　　部有限公司罗湖书城店

那时黄昏

"有一种低声道别的夕阳。往往是短促的黄昏，替星星铺路。"——题记

我喜欢黄昏，它没有正午那般耀眼，也没有夜晚那般深彻，空间和时间的界限被抹去，光影交织在一起。像一幅油画，像一张画卷，从古至今形形色色的人在上面欢笑交谈乐此不疲。昏暗摇曳的光线恰到好处，可是夕阳无限好只是近黄昏，天色渐渐暗淡下来，伴随着一盏盏明灯亮起，远在天涯的残梦幻化为夜空中的引路人，带领着世人寻找心中的光。

我第一次静看黄昏那短暂而又绚烂的演出是在大漠上。黄昏似乎少了几分在城市里相见时的温柔，多了几分壮丽。它是我们拥抱夜晚之前，世界化作的一个吻。如醇酒般醇甜，如边塞的风沙吹了千年，如游子内心的思念，如报效家国的热血。建元元年张骞第一次出使西域，深远莫测的风沙一路伴随着他，令人内心舒坦的黄昏也在他迈向更加无边的黑夜和大漠戈壁时照耀着他，关怀着他。一路上的未知和担惊受怕或许也能因这短暂的黄昏而放下。内心不知是否有荡起一层涟漪，是否有想到远在天边的家人和朋友，想到自己国家的未来和人民的幸福。如今千年过去，张骞和他的使团，还有曾经为建设边疆守卫祖国而献身的志者们已经不在人世，但是他们的付出永远存在，他们的精神也永远存在，正

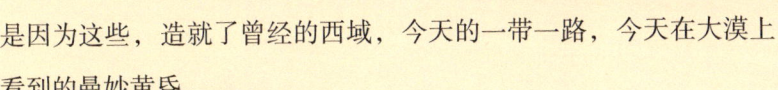

是因为这些，造就了曾经的西域，今天的一带一路，今天在大漠上看到的曼妙黄昏。

黄昏照进大漠荒野，也穿透每一个普通人的心灵。

我小时候跟外公外婆一起生活在小县城，每天吃完饭都会到一片开满向日葵的地方散步，那时的黄昏犹如一颗初升的太阳，我觉得它很梦幻，令人感到舒坦。长大后，我来到深圳读书，还记得每次与外公外婆离别时，他们总是站在窗台上，夕阳在他们脸上留下一抹余晖。可他们却始终微笑着向我挥手告别，我内心有种说不出的忧伤。后来外公离世时，谁能想到窗台上的光照竟是最后一次再见。葬礼那天，气氛格外压抑，我头一次体会到了如此深重的悲痛。当天夕阳时分我跑回到了从前散步的向日葵田边，却发现向日葵已经没了，留下的是行人来来往往的大街。夕阳不紧不慢地出现了，

就像许多年前一样，现在人去了地变了，但是夕阳还在，明月照常升起，黎明终会到来。那一段段饱经风霜的岁月将会存在人们心中，存在夕阳的照耀下。

黄昏连接着充满阳光的正午和明星照耀的夜晚，还准备着迎接新生命的到来。我觉得黄昏很像生命的离别，它并不是一个终点，它的尽头无边无际，一直存在于人的心里，并且这种精神会一直传承下去，正如先辈的热血造就了我们的今天。

今天的黄昏也很美丽啊！

王苏童

家长：苏丹

单位：深圳市弘文艺术有限公司

手工

绘画

手工

王潇然

家长：马薇
单位：深圳市弘文艺术有限公司

手工

王行止

家长：孙艳

单位：深圳出版社有限责任公司

绘画

绘画

绘画

王瑜瑾

家长：黄琴

单位：深圳书城新华书业连锁总
部有限公司罗湖书城店

绘画

绘画

97

王梓涵

家长：王俊

单位：深圳市弘文艺术有限公司

绘画

比赛照片

比赛照片

手工

吴慧欣

家长：黄芳

单位：深圳书城新华书业连锁总
　　　部有限公司中心书城店

绘画

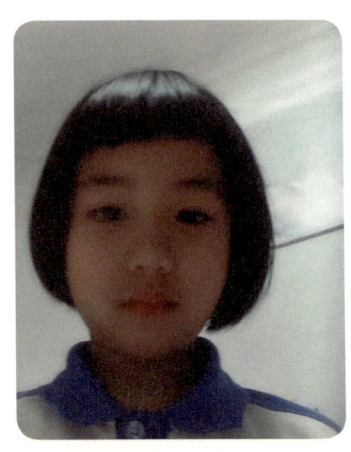

吴珈欣

家长：吴龙辉

单位：深圳市弘文传媒有限公司

画 王维

远	看	山	有	色
近	听	水	无	声
春	去	花	还	在
人	来	鸟	不	惊

壬寅年吴珈欣书

书法

想思 王维

红豆生南国

春来发几枝

愿君多采撷

此物最相思

壬寅年吴珈欣书

书法

100

绘画

吴思齐

家长：吴易懋

单位：深圳出版集团综合事业部

绘画

绘画

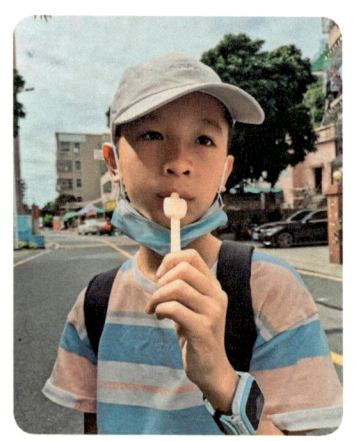

吴宇瀚

家长：余淑樱

单位：深圳书城龙岗城实业有限
公司

手工

手工

QBU-99

手工

102

大自然的声音

大自然是一位音乐家，能演奏出四季的乐章和美妙的声音，他们都藏在我们日常生活里。让我们一起走进大自然，去聆听大自然的声音吧。

春天来了！远远地，春雷重重的脚步声传来了，"轰隆隆、轰隆隆"，沉稳而有力；小雨淅淅沥沥地下了起来，树林中、屋檐下，春雨"滴滴答答"地合奏着；山间的泉水也活跃起来，"叮咚叮咚"加入这场交响乐里，催促着人间万物快快醒来。

转眼间，夏天来到了我们身边。"知了，知了！"听，那树上的知了在欢唱着，向我们诉说它喜悦的心情；"呱呱，呱呱！"池塘里的小青蛙们在荷叶间窃窃私语；小河边，小伙伴们在溪水里嬉戏打闹，"哈哈哈哈"的笑声回荡在上空……

在农民伯伯嘹亮的、繁忙收获的号子声中，秋天来了。秋风习习，麦浪滚滚，发出悦耳的"哗哗"声；"扑通、扑通"，成熟的果实纷纷从树上蹦了下来，蹦上了我们的餐桌，蹦到了我们的嘴里。

"咔嚓、咔嚓"，小朋友们踩着厚厚的积雪迎接冬天的到来。我趴在窗户上听着雪落下的声音，"簌簌、簌簌"，晶莹的雪花铺满了大地，压弯了枝头，向我们预示着来年又是一个丰收年！

冬夜里，大人们围炉而坐，炉子里"噼里啪

肖铭楷

家长：林丹
单位：深圳书城龙岗城实业有限公司

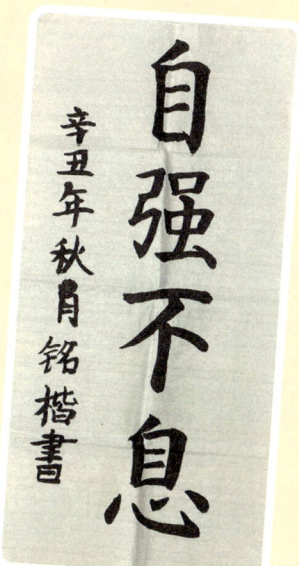

自强不息

辛丑年秋月铭楷书

书法

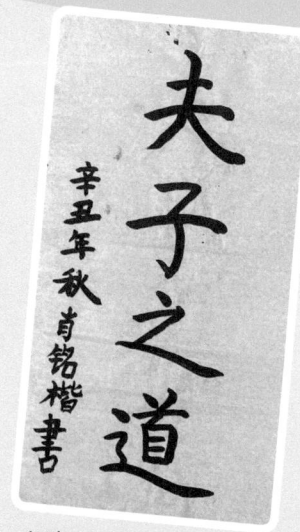

书法

啦"燃烧着，火光映红了他们喜悦的脸庞。我窝在妈妈的怀里，耳边又再次奏响大自然动人美妙的乐章，四季间的一幕幕，让我不禁感叹大自然的美妙，感激安定美好的生活，感恩绿水青山就是金山银山。

我眼中的党员妈妈

我的妈妈是一名共产党员。在我眼里，她既是一位思想进步、无私奉献的老党员，也是一位热爱工作、温柔慈爱的好妈妈。

我的妈妈长得很漂亮。一头乌黑的头发，弯弯的眉毛下长着一双炯炯有神的大眼睛，高高的鼻子，樱桃般的小嘴，笑起来特别甜。

妈妈的工作很繁忙，她一直对我说，党员就是要冲锋在最前面，在平时的工作中，她也是这样去做的。我记得2018年春天，是妈妈单位筹建的冲刺阶段，她每天总是加班到深夜才回来，天刚蒙蒙亮就出门上班了。妈妈办公室里堆满了五颜六色、口味各式各样的方便面，每次谈起，妈妈和她的同事们总是轻松地说："我们这里可是方便面博物馆，超市的货架也比不上我们哟。"可是，因为长期加

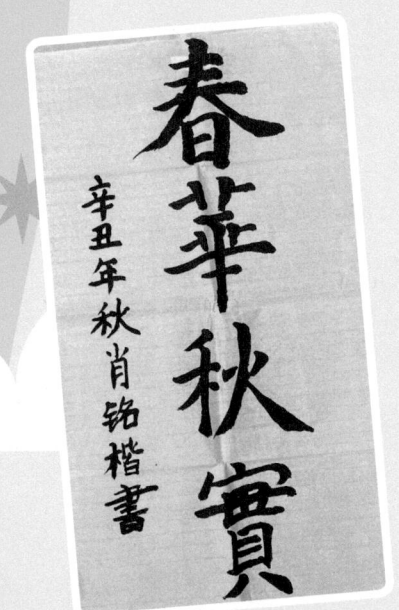

书法

书法

班熬夜，妈妈和叔叔阿姨们的额头上长了好多痘痘，嘴角也因为上火溃疡了。有一天，我实在太想妈妈，便缠着奶奶带我去办公室找她。我看到她带着她的同事们正在一张大大的图纸上专心地写着画着，胸前的党员徽章在灯光下变得格外耀眼。当妈妈的领导知道我来了，"逼着"妈妈带我早点回家时，我突然发现，原来已经三个月没和妈妈吃过晚饭了。

妈妈优秀的言行一直是我的榜样。现在，我是班上的纪律委员，我要时刻用高标准要求自己，在学习和生活中要严于律己、宽以待人，要勤于思考、刻苦学习，要冲在最前、勇于担当……通过自己的努力成为同学们的榜样。

这就是我的妈妈，一个普通的共产党员，一个值得我敬佩的好妈妈。

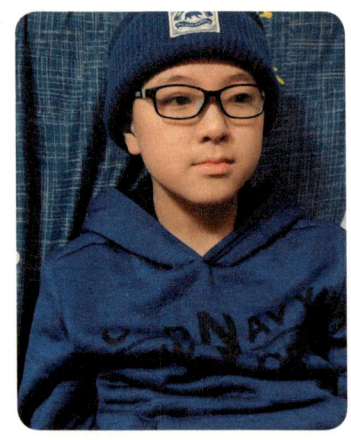

肖崎轩

家长：肖山

单位：深圳书城新华书业连锁总
部有限公司

扫一扫二维码
欣赏我的小得意

神奇之夜

　　这天，我和爸爸妈妈一起出去游玩，我们住进了一家酒店，看见那家酒店旁边还有一家很豪华的酒店。我很好奇，就向服务员姐姐打听，姐姐说：那家酒店不能随便进，要通过抽签才能进入，而且每年只允许有一百个人去抽签。姐姐又说：有70%的概率能抽到奖金1000元，20%的概率能抽到奖金5000元，9%的概率能抽到免费住1天，只有1%的概率能免费获得这家豪华酒店的使用权。

　　我见他们各拿了一个签，我左边的邻居抽到了5000元，非常高兴。我右边的邻居抽到了1000元，也很开心。就我闷闷不乐，开心不起来，因为我的运气一直都不太好。然后我小心翼翼地拿起一个签，我和爸爸妈妈一看，哇，我居然获得了这家豪华大酒店的使用权！我走进酒店简单看了一遍，然后把爷爷奶奶、外公外婆、伟宏、巫宇轩接了过来。当他们来到酒店后也跟我一样吃惊，因为从酒店大门进来第一个看见的就是停车场，这里停了2辆加长林肯，5辆兰博基尼，5辆保时捷，5辆宝马，5辆奔驰，5辆奥迪和10辆超级炫酷的摩托车。

　　然后，我带着他们来到了酒店大厅。第一层有一间很大的餐厅，只要你能想到的食物，这里应有尽有，想吃什么想喝什么都可以。餐厅旁边是一个非常大的游戏厅，从窗户往里面看是一片漆黑，但从门进入时，感应器就会自动把灯打开，里面有吃有喝有玩一条龙服务，进门就看见一张大桌子，桌子上放了几双手套，只要戴上手套，就能隔空操作屏幕，可以选一个游戏，有弯道赛车、奇幻大作战、滑梯缤纷乐、极限独轮车、和平精英、坦克世界、炉石传说等等，全是我们最爱玩的游戏。被选到的游戏就会有绿灯闪烁，让我能很快知道它的位置，屏幕后面有一个控制台，可以调颜色、大小、光亮、软硬，当选"颜色"按"＋"时，颜色会逐渐变深，按"－"时，颜色会逐渐变浅。如果想让这台游戏机有更多小伙伴们一起玩，就选"大小"按钮，长按变大，按一下变小。当选"光亮"按钮，按一下变亮，按两下变暗。当选"软硬"按钮时，一下能让机器变软，就如橡皮泥一样随便捏拿玩耍，按两下又恢复原状。

游戏厅旁边还有一个很大的卧室，里面的床大概有2.5米宽、3米长，睡觉时戴上一个小手表，当饿了的时候按一下"餐饮"按钮，就会从床的一边弹出两个盘子，里面是汉堡和可乐，如果不想吃这些，就按"换餐"按钮，自己想吃什么选什么。如果想在床上玩，可以点床头的按钮，按下"变硬"，床上就会弹出几把椅子和游戏机，叫上几个小伙伴一起玩。当只想一个人玩时，就弹一把椅子，不玩了就按"变软"按钮，床会恢复原样；想变得更软，就按"＋"，床就会变成像游泳池里的水一样软，可以喜欢什么颜色就选择什么颜色。

离开游戏厅后我们坐电梯来到二楼。二楼是爷爷奶奶、外公外婆住的地方。爷爷奶奶是老人家，我就让他们住在了一间床很软又很大的房间。如果他们饿了的话就按下床头的按钮，会从床底下弹出几个盘子，想吃什么可以在平板上直接点餐。

肖崎轩

如果觉得床太硬或太软都可以直接进行调整。房间里有两张大椅子，椅子是可以通过脑电波直接进行控制的，使用起来非常方便，想让椅子提供什么服务都可以。电视也一样可以通过脑电波进行操作。外公外婆的房间和爷爷奶奶的房间一样。

三楼是巫宇轩和伟宏住的地方，巫宇轩的房间里面的床是蓝色的，睡在上面就像躺在果冻上面一样，如果把手伸到床里面，就感觉有小鱼在咬你一般非常舒服。如果饿了的话会出现一个机器人自动给他送来可口的食物。伟宏的床是星空般的颜色，如果把手伸进床里可以抓到星星饭盒，里面有各种好吃的食物。这让我想起了一句话，手可摘星辰，你看，如今在这里就轻松实现了。哦，对了！他们想看电视玩游戏的时候只要戴上头盔，就可以用意念去选择想玩的游戏。

四楼是我们一家住的地方，爸爸妈妈住室内，我住室外。爸爸妈妈可以通过玻璃看到我。爸爸妈妈的床很大，床头有两个龙头形状的灯，当你把龙嘴往上拉时，龙嘴里会喷出一道耀眼的光芒，可以让他们看书、工作。当不看书也完成了工作时，就把龙嘴往下拉，会出现温馨适合睡觉的小夜灯，妈妈睡眠不好，它还会唱催眠曲，让妈妈能睡个美美的觉。我在外面的床雪白雪白的，有一般床的四倍那么大，如果下雨或怕吵时可以通过一个按钮弹出一个防雨屏障和隔音玻璃，但不会影响空气的自然流通。我的床边有一个小型游泳池，池边有一排太阳椅，我和爸爸妈妈经常一起在游泳池里游泳，在游泳池边享受太阳浴。

正当我和巫宇轩、伟宏在游戏厅玩得不亦乐乎，直呼过瘾的时候，忽然响起了"丁零丁零"的声音，接着就是妈妈河东狮吼的一声："肖崎轩，太阳晒屁股了，该起床啦！"我这一惊，不由得睁开眼。

手工

谢宝毅

家长：马利琴

单位：深圳书城龙岗城实业有限

公司

手工

手工

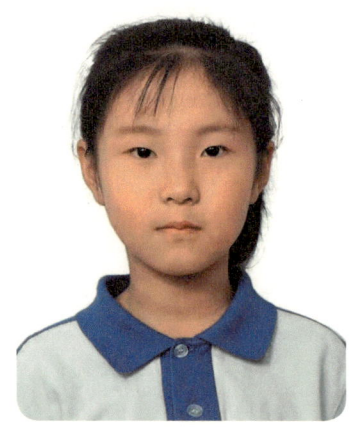

谢天琦

家长：谢庆军

单位：深圳书城新华书业连锁总
部有限公司

绘画

绘画

绘画

绘画

谢欣辰

家长：李园

单位：深圳书城新华书业连锁总
部有限公司中心书城店

绘画

绘画

许瀚之

家长：许全军

单位：深圳出版社有限责任公司

绘画

绘画

绘画

绘画

绘画

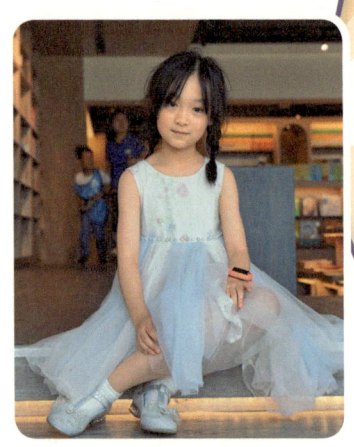

许 可

家长：许璐瑶
单位：深圳市书刊发行业协会

爷爷奶奶的菜地

爷爷奶奶的老家在江西省修水县古市镇的一个小山村。每年的几个长假爸爸妈妈都会带着我和妹妹去度假。

最令我难忘的是爷爷奶奶的菜地，那是我每次回老家必去打卡的地方。

菜地的面积非常大！奶奶房子后面的那块菜地简直比我学校的操场还大，而家门左前边的那块菜地，就像一大片绿油油的足球场！春天，当天气晴朗，而青菜还没长大的时候，我在这"足球场"上观察小蚂蚁、抓小蝴蝶，顺便还遛一遛那跟着我一起从深圳回来的小狗"可乐"。爷爷奶奶的菜地是我童年的乐园。

这些菜地主要种红薯、白菜、芥菜、茄子、香菜、辣椒等等，品种多到你想不到！为了让这些菜不受干旱影响，爷爷奶奶想了一个好办法，那就是在菜地的附近挖了一口水塘，随时可以为菜苗们浇水。每当爷爷奶奶带我一起去菜地，我总学着爷爷的样子，用小葫芦瓢从水塘舀起水，然后把这些珍贵的水分给那些长得比较小的菜苗，我对小菜苗说："小菜苗，你要多多喝水，快快长大哟！"爷爷奶奶的菜地寄托了我对小菜苗们的美好祝愿。

最让我难忘的事是我每次回去都让爷爷手把手教我种菜，我学到了不少的种菜技巧。让我印象最深刻的是爷爷教我拔芥菜的方法。瞧瞧，墨绿色中捎带着翠绿的芥菜，正在泥土中奋力成长，露出了一层又一层的叶子，使人有一种想采摘的冲动。爷爷说："我们开始吧！""好！"我答道。我直接抓起一片叶子，准备向上拉，爷爷立马阻止了我，说："你可小瞧了它，它的根长得很深的。"爷爷用手握住芥菜靠近泥土的根部，一边向上拔一边左右摇晃着芥菜，随着芥菜的根部一点一点被拔出，紧贴着芥菜根上的泥土全被爷爷轻轻甩下，又回归了大地。我学着爷爷的样子，一株株芥菜就被我"征服"了。爷爷奶奶的菜地是我成长的养分。

每当我吃到爷爷奶奶从老家寄来的菜，就会想起爷爷奶奶的菜园，那是多么美好的时光啊！

许婷睿

家长：叶小丽

单位：深圳市华文国际传媒有限
公司

绘画

绘画

绘画

绘画

晏乐祺

家长：邓科

单位：深圳远上书城教育科技有
限公司

绘画

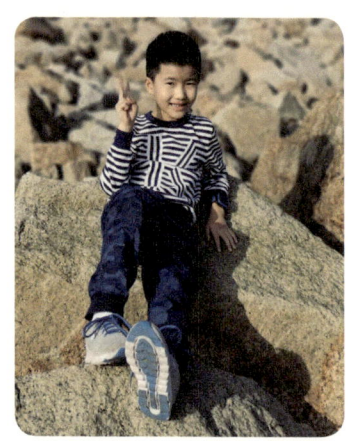

晏藩铭

家长：邓科

单位：深圳远上书城教育科技
　　　有限公司

绘画

绘画

绘画

杨何轩

家长：杨帆

单位：深圳出版社有限责任公司

绘画

绘画

绘画

绘画

文创

日记

绘画

杨乐萱

家长：戴婷

单位：深圳书城新华书业连锁总
　　　部有限公司中心书城店

手抄报

绘画

杨刘婧

家长：杨秋

单位：深圳市弘文艺术有限公司

温大雅傳玄初君在
隋雅俱仕東宫弟懋
楚與彦博同直内史
省懋楚弟
　　　楊劉婧書

书法

紅豆生南國春來發
幾枝願君多採擷此
物最相思
　　　楊劉婧書

书法

扫一扫二维码
欣赏我的小得意

阿波罗卖鱼

从前，在一个群山环抱、美丽富饶的地方，有一个村庄，里面住着一只名叫阿波罗的猫，他的爸爸妈妈都是卖金枪鱼的专家。

阿波罗每天早上早早起床，去集市卖鱼。一天下午，阿波罗的鱼摊来了一只身姿优雅、皮毛像雪一样白的英国短毛猫，她看了看鱼摊，说道："我很喜欢吃金枪鱼，不过，我更爱吃鳕鱼。我建议你在鱼摊上摆点鳕鱼。"她没有买鱼，走了。阿波罗听了，赶紧去钓鳕鱼。

杨紫晞

家长：曾韬荔
单位：深圳出版社有限责任公司

第二天，阿波罗把昨天钓的鱼摆在摊子上，又开始了新的一天。到了中午，来了一只黑瘦黑瘦的流浪猫，他来到阿波罗面前，说道："我很饿，你这有没有便宜一点的鱼呀？"阿波罗说："有啊，来条金枪鱼吧！"可流浪猫却说："金枪鱼嘛，我爱是爱吃，可是，带鱼更便宜更好吃，要是有几条带鱼就好了。"流浪猫没有买鱼，走了。阿波罗当天下午就开始钓鱼，钓到了好几条肥嘟嘟的带鱼，准备明天卖。

到了第三天，鱼仍然没有卖出去。小点点跑过来说这里少点大眼鱼；咪咪又跑来说这里少点马鲛鱼……这样一来，阿波罗的鱼摊里就有各种各样的鱼了。

杨紫晞

雨中即景

每一场雨都是美好的化身，所以我喜欢赏雨。

这场雨是我在上星期六上午欣赏的，它持续了两小时。一开始，天空中忽然有一朵朵乌云飘过，渐渐地堆积成了大片云朵，把天空和太阳盖得严严实实。

一层轻纱慢慢笼罩在城市上空，让楼房和行人模糊了身影。广场上还有几个小孩子在雨中玩耍，清脆爽朗的笑声伴着蒙蒙的细雨，成为城市雨中永远定格的画面。

过了一会儿，小孩儿的身影消失了，随之而来的则是倾盆大雨，笼罩着城市的轻纱也被升腾起的灰茫茫的雨雾所替代。豆大的雨点砸向地面，有的砸在了小花小草上，把它们砸弯了腰；有的落在雨伞上，被雨伞的防水层赶走了；有些幸运的雨点落在了水里或土里，见到了自己的同伴，和它们一起热闹玩耍。路上的行人可没工夫高兴，他们要么打着伞，急匆匆地朝着目的地奔去，要么冒雨在路上飞奔着，寻找避雨点。

过了一个半小时，大雨终于停了，天空逐渐放晴，天空中还出现了彩虹。我打开窗户，一边呼吸新鲜空气一边想，这场雨下得太妙了，这下植物们都喝饱水了吧？一群妇女也陆续带着娃出来散步了，雨前广场的欢乐又回来啦！

看，这就是有趣而变化多端的雨。

书法

124

姚雨涵

家长：姚成陶

单位：深圳市益文科技有限公司

绘画

殷芷悦

家长：彭玉娜

单位：深圳书城龙岗城实业有限
公司

手工

手工

运动照片

曾 铉

家长：曾祥桂

单位：深圳书城物业管理有限
公司

比赛照片

扫一扫二维码
欣赏我的小得意

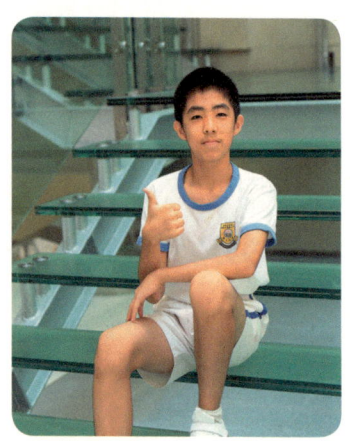

张宸溪

家长：张绪华

单位：深圳出版社有限责任公司

书法

onshape 设计 3D 恐龙模型

绘画

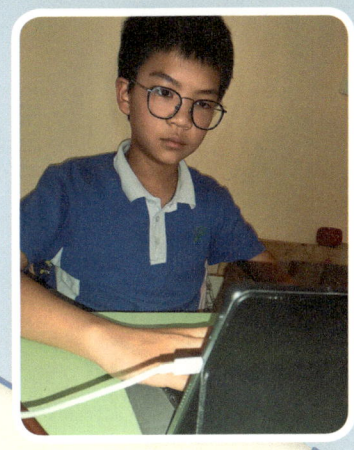

张高裴

家长：黄素琼

单位：深圳市弘文艺术有限公司

绘画

绘画

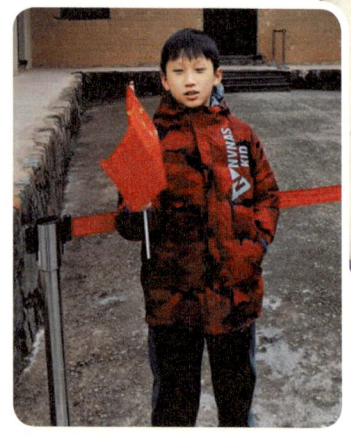

张睿希

家长：李铁会

单位：深圳书城宝安城实业有限
　　　公司

绘画

绘画

绘画

绘画

绘画

张书一

家长：甄晓燕

单位：深圳书城宝安城实业有限
公司

绘画

绘画

绘画

绘画

张文暄

家长：张维

单位：深圳出版集团党群工作部

绘画

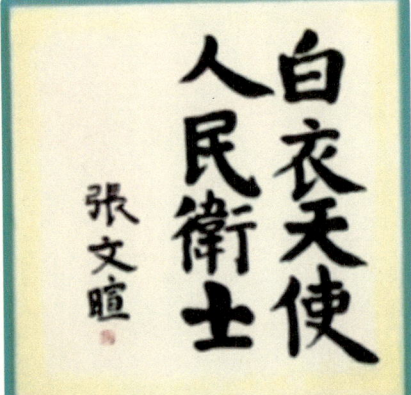

书法

绘画

书法

张心妍

家长：彭艳
单位：深圳华夏星光影业有限
公司

绘画

绘画

绘画

绘画

张栩菲

家长：张文元

单位：深圳书城新华书业连锁总
　　　部有限公司

绘画

绘画

保护 海洋

绘画

绘画

绘画

绘画

张耀融

家长：陈蓓蓓

单位：深圳书城新华书业连锁总
　　　部有限公司罗湖书城店

绘画

绘画

成长的滋味

　　每个人的成长都是一篇伟大的诗歌，有遇到困难的烦恼，有奋斗的艰辛，有成功后的喜悦，也有满怀梦想的浪漫……而我成长的滋味，却是先苦后甜，酸中带甜，如同风雨中的小草，随风而舞而又傲然挺立。

　　记得有一次，老师布置了一篇很难的作文，我绞尽脑汁也不知该从哪下手。眼看第二天就要交作业了，我的作文本上还是空无一字，我急得忍不住

张誉馨

家长：夏洪娟
单位：深圳书城新华书业连锁总
　　　部有限公司

哭出了声。爸爸妈妈闻声而来，听我讲述遇到的困难后，他们先是从网上找了几篇类似的作文让我阅读，然后同我一起分析每篇作文的结构和写作手法，接着帮我按照自己的想法构建作文的框架，又让我自己查找资料完善思路。查了一些资料，又认真地阅

手工

扫一扫二维码
欣赏我的小得意

读和思考后，我有了柳暗花明的感觉，眼前豁然开朗，刚刚的烦恼全部烟消云散。写完作文，爸爸妈妈又帮我一起修改了几遍，终于大功告成。第二天，我把作文交给老师后感觉如释重负，长长地出了一口气。

过了几天，作文发下来了，我的作文竟然得了满分。看着那红红的30分和吴老师"建议投稿"的评语，我眼泪又忍不住夺眶而出。

这就是我成长的滋味，它模糊而又清晰。模糊得我早不记得当初写作文时的无助与痛苦，只是当我再遇到困难时，就清晰地记得当初爸爸妈妈的鼓励：遇到困难，可以先哭，但哭完要去找方法解决。

盖有不知而作之者我無
是也多聞擇其善者而從

右録論語述而篇節選辛丑初秋張誉馨書

书法

绘画

郑莆凝

家长：郑文凯

单位：深圳出版社有限责任公司

绘画

绘画

郑莆凝

绘画

绘画

144

郑允峰

家长：郑汝顺

单位：深圳书城新华书业连锁总
部有限公司南山书城店

手工

手工

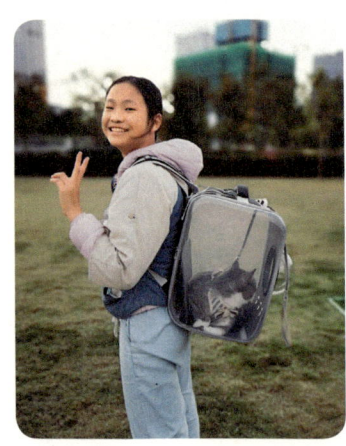

钟楚茵

家长：黄晓燕

单位：深圳远上书城教育科技有
　　　限公司

绘画

绘画

漫画

周蓝云朵

家长：周永红
单位：深圳出版社有限责任公司

书法

喜欢花的女王

这是一个偏远荒凉的王国，房子的门都要腐烂了，公路凹凸不平，走起来坑坑洼洼。

新继位的女王很喜欢花，但她只在藏书阁的一些书上见过，其他国家有花，自己的王国却没有。女王希望她自己的王国也能开满鲜花，每一位国民都能感受到花带来的美好。

有一天，她下令说一定要让王国变得花草芬芳、五彩斑斓。说完，她便骑着自己的马儿离开，环游世界去了。

两年后，女王带着各种怪异的人和新奇的玩意儿回来了，比如，有种野花的园丁、造型奇特的花瓶、会跳舞的花种子、能和人对话的罗汉松……大臣和国民们对着这些奇人异物目瞪口呆，小声议论着："这些东西能改变王国吗？"女王却胸有成竹。

女王带回来的人里面最特别的有三位。第一位是个音乐家，不过也可以说他是园丁，因为当他开始拉奏小提琴，竹子和莲花等植物就会随着旋律长高。第二位像竹竿一样瘦高，但他吃得非常多，神奇的是怎么吃也不会胖，而且他吃得越多，树上的花和果子成熟得越快。第三位你一定猜不出有多么神奇。那是一位帅气的女神枪手，戴着一副大墨镜，走到哪都带着她的小手枪，手枪上还雕刻着三朵花，分别是水仙、月季、跳舞兰。她对着哪儿开枪，哪里就长出漫漫的花海和树林，树林中有的树还会结出故事、结出钻石、结出文学著作。

星期一，女王让音乐家园丁去东边演奏快乐的歌曲，只见随着音乐的流淌，土地里开出了可爱的鸡蛋花、太阳花、蔷薇花。

星期二，女王让音乐家园丁去南边种果树，当他开始打鼓、吹小号，果树就随着节奏和旋律成群成片钻出地面。

星期三，女王在西边用美食和美酒款待那位最能吃的瘦高先生，当他开吃的那一刻，果树开始变得枝繁叶茂，开始长出花和果子，果子又大又鲜艳。

星期四，女王把"神枪手"女孩带到了北边的荒地。

绘画

绘画

周蓝云朵

绘画

女孩"啪、啪、啪"三声枪响，大漠变绿洲，荒野变花海。

星期五，女王让"三剑客"一起上，整个王国变得花团锦簇、生机勃勃。

从此，一个花的王国诞生了。

至于星期六和星期日嘛，大家都在狂欢。而女王，深受国民的爱戴，还被评为全宇宙最有趣女王。

绘画

绘画

绘画

周廷昊

家长：赵曼如

单位：深圳出版社有限责任公司

绘画

绘画

绘画

绘画

绘画

绘画

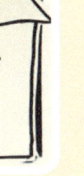

绘画

周钰霖

家长：武丹

单位：深圳书城龙岗城实业有限
公司

朱梓炀

家长：朱运飞

单位：深圳书城龙岗城实业有限
　　　公司

书法

编　后

望子成龙、望女成凤是大多数父母的心愿。受父母从事职业和工作环境的影响，深圳出版集团职工子女普遍都爱好阅读，热爱学习，多才多艺。在集团近年来举办的企业文化活动中，亲子互动、亲子阅读等亲子类和家庭教育类活动深受广大职工的喜爱。基于此，集团工会联合会组织编辑出版了这本集团职工子女童趣才艺作品选。从集团角度而言，组织选编《我的小得意》一书，旨在通过强化员工在孩子成长历程的参与感、见证感，进一步提升员工的幸福感、获得感，这既是一家国有企业工会根据自身优势对职工进行文化关爱的一个暖心举措，也是一个出版文化单位建设幸福企业的一次有益尝试。

由于本书征集到的作品大部分是由6-12岁的孩子完成，所以在遴选作品时对作品水平未作特别的要求，而是侧重于作品的"童趣"和"亲子互动"。本书的装帧、设计、排版等，也是从孩子的角度出发，求萌、求纯，一切都是为了让本书更能成为孩子成长道路上的重要礼物，成为集团企业文化建设上的暖心记忆。

本书在征集作品的过程中，广大员工积极投稿，最初围于作品展现方式，而以书画类作品较多，后来增设手机扫描二维码的方式，得以对视频类作品进行展现，但时间上已有些匆忙，这是本书中此类作品较少的原因。最终，有100多名员工积极投稿，收到作品400余件，本书对投稿作品尽量做到参加者均有作品入选，并按职工子女姓名的汉语拼音声母排序。我们深知还有许多职工因工作繁忙等多种原因，未能投选子女的作品，有的职工为此深为遗憾。而入选此书的小作者们，已经激动地期待着他们的"小得意"带着浓浓的书香送递到手中。

这本书汇集了集团各方面的付出。集团领导直接提出创意策划，集团工会联合会全力实施，集团各基层工会在本书作品征集中做了大量基础性和事务性的工作，集团旗下深圳出版社的相关人员付出了专业性的劳动，而少儿青春类读物，正是这家前身叫做海天出版社的优势产品线之一，在此一并感谢。

编者

2023年4月